U0565809

小说家的散文

周瑄璞 著

已过万重山

河南文艺出版社
· 郑州 ·

作者简介

周瑄璞，作家。1970 年生于河南省临颍县，现为陕西文学院专业作家。著有长篇小说《夏日残梦》《我的黑夜比白天多》《疑似爱情》《多湾》《日近长安远》，中短篇小说集《曼琴的四月》《骊歌》《故障》《房东》。曾获得中国女性文学奖、柳青文学奖、长篇小说年度金榜特别推荐、《小说选刊》最受读者欢迎小说奖。

目录

第二辑　那些草木葳蕤的生命

第一辑 总有一种力量托举我们

阅读痛与慰

陀思妥耶夫斯基：悬崖边的救赎

我们能从陀思妥耶夫斯基的作品中领略到最多的就是悬崖状态。他的故事、人物、情感，都是一种危在悬崖，那些主人公，都像被作家施了魔法一般，随时面临崩溃。爱情，凶杀，赌博，生存，苦闷，贫困，这些事件仿佛都在悬崖边演绎着，随时有着峰回路转，随时可能身败名裂，随时可以一夜暴富，随时又会全盘皆输。

我们常常哀叹自己成不了伟大的作家，写不出旷世作品是因为我们生活太正常了。我们每天过着按部就班的、没有风险和悬念的生活，不可能暴富，也不会饿肚子，没有对巨大病痛（癫痫之类）的深刻体验，也没有面对即将砍头的经历，更不知道要下定决心杀掉一个人是怎样的心灵冲突。我们甚至从来不敢去走向悬崖，怎么还敢在悬崖边做文章呢？

可是他敢，他不但敢于自己走向悬崖，在那里走来绕去，还把他的主人公，一个个都邀请到悬崖边上。他给他们描绘那绝美而残忍的风景，诱惑他们：卡拉马佐夫父子和兄弟，拉斯柯尼科夫，马美拉多夫，赌博天才。这些小人物：双重人格、幻想家、罪恶与情欲本能、被伤害与被侮辱的人，似乎都受到了他的蛊惑，或者受那长长白夜的干扰（是否那样的白夜很容易让人过度兴奋，面临分裂？），总之他们都心甘情愿地来到悬崖边，接受作家的摆布和驱遣，上演着一出又一出人间悲剧、喜剧和闹剧。

一切都打碎，一切都破裂，在癫狂中演绎着贫穷和绝望，上演着流血和阴谋，交叠着崩溃和纷乱。

可是，我们分明在这绝望与阴谋中看到了温情，于崩溃和纷乱里感到了温暖和欣慰。为什么呢？

想起一个故事：一个人落下悬崖的过程中，抓住了一棵树，正悬在那里时，佛由此而过，他呼救，佛说，要我救可以，你得先放手。他怎么敢放手呢，于是佛说，你如果不放手，我怎么救你呢。于是，这是一个悖论，如果你不放手，你就不知道佛真的会救你。

各种宗教之间，不同的只是内容，而目的都是一样，那就是，他们都是人类最终的心灵归宿。那就是，我们只有在悬崖边，才更能感受到宗教的巨大力量。最终，宗教会救赎这些不幸沦于悬崖边的人，不管他是一只脚已离开地面，还是正在向下坠落而抓住了一棵树,宗教总是在他离地几尺远的地方等待着托举他。

每个人都绝望而面临崩溃,但每个人都面对着宗教那宽厚的救赎。卡拉马佐夫兄弟,他们贪婪而可怜的父亲,那愚蠢而狠毒的私生子;人格分裂的拉斯柯尼科夫,卑贱而高贵的索尼亚、杜尼亚;还有那欲壑难填的赌徒们,他们都在上帝那悲天悯人的怀抱里。

那让人心灵涤荡而纯净的是寂寞而穷困的彼得堡青年,他在白夜里陪着等待约定好了爱情的娜斯简卡四个晚上,眼看着她的爱情无望而投入了自己的怀抱,就在两个人海誓山盟之后离开河边,奔向他们的新生活时,那失约的人来了——这可恨的白夜,为什么不是黑天呢,黑天就看不清这一切了——娜斯简卡像小鸟一样在两个人的怀抱中来回扑了两次,最终——不,她的心一直都属于那个人——拉起那迟到者的手,两个人跑了。

小说的结束是第二天的清晨,我们的男主人公从噩梦般的白夜里醒来,怀着破碎的心收到娜斯简卡的来信,告诉他自己就要结婚了。他躲在租来的小屋里诉说着人类的嫉恨:"要我痛责之余让你的心蒙上一层忧伤……""我要把你跟他一起走向圣坛时插在黑色发髻中的那些娇艳的鲜花掐碎,哪怕只是其中的一朵……哦,决不,决不! 愿你的天空万里无云;愿你那动人的笑容欢快明朗,无忧无虑;为了你曾经让另一颗孤独而感激的心得到片刻的欣悦的幸福,我愿为你祝福!"

于是,我们流着泪微笑了,因为总是有一种仁慈的力量托举我们,总是有人来救赎我们人类的道德底线。

凡·高:永远都办不到?

凡·高的一生只追求过两个女人,一个是他房东的女儿,再一个是寡居并带着一个孩子的他的表姐。他对这两个女人的追求得到了同一个答案:"不,永远办不到! 永远办不到!"

凡·高的生活落魄而混乱,他靠他的弟弟养活,每个月给他寄钱来,后来他跟妓女克里斯汀混在一起。克里斯汀有五个孩子,都不知父亲是谁,她靠出卖肉体养活年迈的母亲和五个孩子,她肚子里有了第六个孩子,还是不知道父亲是谁。这时她和凡·高相遇了,两个人住在一起,因为凡·高不管怎么说有一间房子,不至于让克里斯汀在街边从事营生。凡·高用弟弟每月寄来的钱买豆角、面包给大家吃,买颜料画画。这就是生活,听起来有点荒诞。

克里斯汀生病了——她能不生病吗?——凡·高带她到医院去,医生检查完后对凡·高说,你再不能让这位可爱的夫人到街上去干那事了,那会要了她的命的。凡·高说,不行啊,她要养活这么多孩子,还有她的母亲。医生无奈说了几个字:"事情往往是这样。"

我想我们看人物传记无非是想寻找一些成功人士之所以成功的奥秘与规律,领略他们的风采和独具的魅力。可是在欧文·斯通的《凡·高传》中,我们看到这么多坚硬如石的冷峻现实,凡·高也从未尝到成功的滋味。

凡·高还很年轻就死了。我从另外的资料上看到凡·高是死于梅毒。他死前跟很多人告别,他认为,"无论如何,他生活过的这个世界还是美好的"。他想到了他的一个又一个朋友,包括跟他说永远办不到的人,因为,"他们促使他爱上了人世间那些横遭蔑视的人"。

我不想描述我读完《凡·高传》那一刻是如何眼泪纵横,也不想说它带给我的心灵震撼,只想说当我们遇到什么困境、麻烦、挫折时,总能想起这句话——事情往往是这样。

可我还总是陷入一个猜想,如果凡·高在有生之年,他的画被画商成功包装,他火遍全世界,他当然不可能再饿肚子,也不用再去找那些低档次的妓女,是世界驰名的大艺术家,那两个女人,还会说,"永远办不到!"吗?

2007 年 9 月

疑是故人来

我们一生,除了吃饭睡觉,什么都不做,只是阅读,也读不完这世上的好书。有限的生命中自认为扎实的阅读比之人类能够创造的那些精神财富,实在是沧海一粟。那么在不同的作品中,你恰巧遇见了同一个地方,同一种风景,那当是阅读的幸运。

哈代的长篇小说《无名的裘德》,年少而贫穷的裘德聪明好学,立志成为学识渊博的人,他所敬仰的老师费洛特孙先生来自克里斯特敏斯特,于是那个城市也成了他向往的地方。他站在村外,"面向东北方向张开嘴把风吸进肚子里,就像是在喝甜酒一样",因为他知道那风来自哪里,"一两个小时前你还在克里斯特敏斯特城",从那以后,"裘德对克里斯特敏斯特爱悠悠、情绵绵,就像一个小伙子谈到自己心爱的姑娘一样,觉得不好意思再提它的名字"。裘德立志要到那里去生活,他最终去到了,在那里奋斗,在那里挣扎,在那里恋爱,在那里穷困潦倒。最终,他年轻的生命永远留在那里。

《罗素自传》中,罗素先生多次提到"威斯敏斯特",我一直很好奇,这两个"敏斯特"是不是同一个地方。只是翻译不同,它们原本一个地方?或者它们就像我们所说的"大王庄""小王庄""前杨""后杨",一字之差,两个地方?我查了一些资料,得知罗素的"敏斯特"是伦敦城下属的一个区。那么裘德的"敏斯特"是一个虚构地名,还是真实地方?这种留在心底的悬念也蛮有意思。有一天午饭时听到新闻里说,在"伦敦市的克里斯特敏斯特街区……",我赶忙跑到电视机前,看到画面上,繁华的现代化街道,商铺林立,行人匆匆,跟世界上任何一个大城市一样。我有点兴奋,像是听到一个老朋友的消息,还有点黯然神伤,无论是哈代、裘德,还是罗素,都已经作古,时代的车轮滚滚向前,新的人们又在"敏斯特"生活着。

茨威格有一部中篇小说《马来狂人》,讲述一个离奇而极端的故事。在荷属东印度群岛,也就是我们常说的爪哇岛上,远离行政中心的乡村,一个欧洲裔男医生,接待了一位美丽高傲的白人贵妇,她遮遮掩掩,欲言又止,兜了好大一圈却又不得不说,她想请他为自己堕胎。在老家因风流债失去财产又背井离乡的男医生,见惯了低声下气求着他解救自己的女人,见惯了能够委身于他这个白人老爷就感激不尽的黄种女人,而这位高傲的贵妇却在来之前就安排好了他的命运:将给他一万两千个金币(足够他后半生花），他帮她做完后离开这里，回老家去，永不再来——也就是说，要为她保守秘密，要为了她而从这里永远消失。这激怒了这个男人，他提出，答应他一件事，也就是委身于他，他就帮她，宁可不要钱。似乎这件事成为两人之间的一种较量。那贵妇人听明白他的话之后，放声大笑，拂袖而去。男人在瞬间后悔万分，他换好衣服追出去，女人已经搭上长途车跑掉了。他打听出女人来自几百里外的城市——行政首府，她丈夫是一名巨商，到美国去了半年，下个星期就要回来。

医生跑到那个城市，想向她忏悔，想帮她解决问题，他一天天求见都遭到了拒绝。他给她写一封长信表明自己的心迹，收到一个简单而匆忙的纸条，"晚了，不过在家等着，也许需要你"。而此时那可怜的女子冒充一个下等女人，来到华人居住区，让一个没有任何医术的"老巫婆"毁了她。医生赶来的时候，她已经大出血，躺在肮脏的地上，她不去医院，而是请求回家，"她仅仅是为自己的秘密，为自己的荣誉而搏斗"。整整一个晚上，医生用尽全力也没有保住她的性命，她最终死在自己家里。医生和那个忠诚的仆人一起，守住了她的秘密。几天后她丈夫归来，相信了自己的妻子死于一种"热带癫狂症"。在运输她的棺材回到欧洲的码头上，同船的医生跳入大海。

荷兰作家路易斯·库佩勒斯的长篇小说《隐藏的力量》，恰好也是写的这个地方。小说中有许多看似传奇的描写。想必那遥远的热带海岛,雨量丰沛,植被茂密,晴雨骤变,最容易生长精精怪怪的事物,当然也比较容易感染"热带癫狂症"一类的病症,高温使人生的一切发酵更快。小说里那些奇异的情节也就让人信服,比如桌子腿会回答问题——夜晚的时候,大家围成圈,吹灭灯,念咒语,向桌子腿提问,那桌子会跳着击出音符回答你。

我们常常在文学作品中看到一些用科学无法解释的现象,可谁又能说这不是文学的灵魂呢?文学最早的起源来自占卜和巫术,纵观古今中外的文学作品,远至叶芝的散文,近到铁凝的《笨花》,里面都有着这种神秘的影子。如果你不相信这种"隐藏的力量",你也就无法解释文学的微妙。

2008 年 10 月

何人独憔悴

　　阅读茨威格的小说《心灵的焦灼》，始终都被那种不安和焦躁紧紧地控制着，逼迫着。我在静夜里超过阅读极限地疲惫着，焦虑着，急于知道结果，急于知道那注定在不远处等待他们的悲剧，残疾少女和年轻军官的爱情与同情的纠葛，接近与逃离的挣扎；急于知道当封·克克斯伐尔伐还只是一个平民的名字时，他如何处心积虑地窃取那无助无知当惯了奴隶的姑娘的财产，而到手后又如何生出——不，他在这一阴谋过程的自始至终盘桓在心中的深切的同情与自责、恐惧与焦虑。

　　合上书，一个问题久久在心中纠结着，挣扎着，他们——作者，主人公为何而焦躁？为何留下噩梦般的回忆一生不能抹去？

　　《红字》中的海丝特·白兰是个有罪的女人，她在丈夫不在的日子里怀孕生育，这是被当时的教会所坚决不容的，她受到示众的惩罚，并且必须在出现于公众场所的时候佩戴红色的 A 字（通奸一词的第一个英文字母）。然而，令我大惊小怪的是，这个名声扫地的女人，她竟然可以在那个小镇上的茅屋里平安地生存下去，可以凭自己的手艺换取报酬，养育她那罪恶的化身——珠儿。没有男人趁机占她的便宜，说什么和尚摸得阿Q摸不得之类的话，没有人对她进行辱骂之类的人身攻击，至多是见了她之后远远地躲开了事。更令我意外的是没有人对珠儿，这个最该受到歧视的孩子扔石子骂她些难听话——连那最恶毒不过的神婆在责备白兰时还要将珠儿支开："一边玩去吧，宝贝儿，这儿没你的事。"她用她那不同于平时的温柔声调说。珠儿不但健康地长大了，而且还调皮精灵，口无遮拦，个性飞扬，时不时地得罪个人，闯个小祸什么的。

《无名的裘德》中，那个不甚讨人喜欢的配角费洛特孙先生，作者似乎把他安排成了一个囿于传统的代表，是裘德和苏姗娜甜蜜爱情的阻碍之一。当他发现自己的新婚妻子苏与裘德相爱后，决定放苏走，因为他认为，将苏困在自己的身边，"如此折磨一个同胞就是犯错误"。于是，他尽管心痛，还是决然地放走了苏。他的命运从此走上了下坡路，但他从没有因此而愤恨过苏或裘德。

《海上劳工》中，"名声不好"的青年吉里亚特，正当他向少女黛吕舍特求爱无方时，黛许诺，谁将她叔叔遇难的船的机器从海底打捞上来便嫁给他。吉当夜便驾船出海，经过难以想象的困难，在大海上拼搏三个月，带着船的机器，带着对黛的满腔思念，回到镇上，却发现了黛正在花园里与新欢商量私奔的事。吉里亚特便设计帮助二人躲过叔叔的责难平安离去，而他在岸边看着二人所乘的船走远，之后，他让大海的涨潮淹过自己的头顶。

也许我没有必要将这些大家耳熟能详的梗概再复述一遍，再回到主题上来吧。他们夜不能寐苦苦思索的是什么？他们备受煎熬终生不能释怀的又是什么？通读全书我们发现，那闪耀于作品中的不朽光辉，那深深打动我们心灵的，让我们在静夜里流泪的，不是阴谋，不是仇恨，不是攻击诋毁，不是将对手打倒再踏上一只脚，使他永世不得翻身，而是同情、尊严、爱与善良，是因为他们有一颗高贵、尊严，并且心平气和地允许别人高贵、有尊严地活着的心灵。有这样一颗心灵的人，想必是很难能够不痛苦的，他将会永远焦躁着，为他的过失和力不能及。

我们也焦躁，也痛苦，我们也在苦苦地求索、奋斗，为自己的理想、未来，为自己能够更快地出人头地，为自己活得更加有尊严。可是，我们可曾为别人、为亲人之外的与己无关的人，为对手、为敌人的尊严而焦躁过、痛苦过吗？

这，是文学的差距，还是人学的差距？

2009 年 10 月 20 日

是谁在寂寞

寂寞是一种心态、一种体验，而不是一种外在形式。一个人如果在荒岛上感到寂寞，那还好医治，如果他在闹市区还深感寂寞，那是无药可医的。

我常常会在一个个热闹非凡的场合，在一张张热情友好的面孔前，突然感到陌生而慌乱无措，像个被人控制在那里的孩子，四处张望，想逃开这一切，像那个说皇帝什么都没有穿的孩子一样说：这一切都是瞎扯，这一切都和我无关，都不是我想要的。

而我想要的，又是什么呢？

往往，连自己都说不太清楚。这时候，就感到有一种寂寞正从心里经过。

寂寞，是现实与梦想的落差，是爱与不爱的挣扎，是得与失的衡量，更是真与假的申辩。

寂寞是一种让人迷恋的病态，一种狂热的激情、执着情结而在现实中找不到依托。女诗人在乘船经过神女峰时询问："在向你挥舞的各色花帕中，是谁的手突然收回，紧紧捂住了自己的眼睛？"还能有谁，一定是一个陷入爱情的女子，只有她最能体会神女峰的孤寂，因为她最终认为，"与其在悬崖上展览千年，不如在爱人肩头痛哭一晚"。一颗因爱而寂寞欲碎的心，看来，除了让她俯在爱人肩头流泪之外，什么也拯救不了她了。

寂寞，更是一种力量的积蓄，一种腾飞或毁灭前必经的漫漫长路，那是暗夜里一条窄而又窄的独木桥，多少人小心地挪动才能保持平衡，不至于使自己跌入失控的深渊，也不至于伤及别人。传奇的爱沙多娜·邓肯有着绚丽的爱情故事，她与富翁恋人携手创办现代舞学校，收留无家可归而有舞蹈天才的孩子，将她们培养成崭露头角的新星。然而这也给她带来不幸，其中一个姑娘和邓肯的富翁恋人相爱了。想必坠入爱河的人是顾及不到旁人痛苦的。邓肯在他们的眉目传情中彻夜难眠，在黑得见不到人的夜里散步，无法安置痛苦的心。让人感动的是，她始终一个人承受这一切，而没有去谴责那两个人，尤其是她从街上捡回来并一手培养的，我们认为至少该受几句挖苦的那个姑娘。邓肯保持着一份高贵的自尊，带着这滴血的自尊，她受邀远走当时的苏俄政府，两个孩子又在此前同时死于一场车祸，而她也在一场意外的车祸中丧生，她的生命历程只有三十多年。她的传奇在于这部自传是车祸前的几个月内快速写出来的。那一个又一个寂寞的白天黑夜,那痛苦的每时每刻,分分秒秒,她意识到了什么?寂寞让她变得空灵,通晓了上帝的旨意吗?

罗素在他三十岁的一天,突然发现,他不再爱他的妻子了,他并没有像当初爱上她一样,明确地交代原因。当然,爱与不爱都不是数学公式,我们不需要求证因为所以,总之是他不爱了,而且在那以后长达九年的时间里,他没有任何情人,每年他只与妻子亲密接触两次,以安抚她的哀求与怒火。每晚的十一点至子夜一点,罗素都在乡村的小路上散步、思索,不知他是否感到了寂寞,感到狂热美好的爱情慢慢从心里走开的空虚与无奈,还是他品尝到了寂寞中巨大的充实?我们只知道,正是这九年里,他完成了他的《数学定律》。

在喧嚣如集市般的图书大厦,随手翻开一本《海上劳工》,我看到老年的雨果疲倦地坐在一把椅子里,手托脸颊,陷入一种巨大的空虚与寂寞之中。我忘记了周围的喧闹,久久地看着他,似乎听到他一声幽长深沉的叹息。一切繁华经过,一切故事上演,一切离恨都不再重要的空虚和寂寞,那是大师的寂寞,浓重深厚得化解不开,又有一种巨大的力量统摄画面。于是,我找来所有能够看到的大师照片,没有一个是喜气洋洋如同过上了幸福生活般的开心,哪一个不是怀着沉思而倦怠的寂寞啊!那是掏空了一切之后的空虚与无奈,带着最敏感细微如孩童般的胆怯与忧伤,对自然和人生越来越深的敬畏,让他们敏锐和茫然。

唐朝李白说自古圣贤皆寂寞,当代伟人有寂寞嫦娥舒广袖,流行歌曲干脆宣称,寂寞让我如此美丽。看来,寂寞,绝不是什么可怕的事情。虽然多数时间,它只认一个药方,这药方是每个人心中的密码,别人无法打开,但多数人都是心甘情愿地陷入寂寞这个强权控制的。

那么,就让我们慢慢体会吧,静静地聆听寂寞的足音,感受寂寞的羽毛轻轻地扫去心灵的尘埃,我们终会发现,生活因寂寞而充实,人生因寂寞而真实,而我们的心,因拥有寂寞而更踏实。

2009 年 10 月 20 日

经典是永恒的照耀

　　常常见到身边一些人,写出的作品很差而自己浑然不觉。我暗自揣测其主要原因是他没有阅读过好作品,不知好作品是什么样子,也就没有参照,对比不出自己的差距。作为写作者,这是非常可悲的事情。

　　经典作品是人类的财富,是文学的标尺,有着全人类共通的一些密码排列组合,让你不知不觉融化其中,一颗心交付与她。尽管我们大多数写作者,终其一生的努力也无法企及,但我们至少可以远远地眺望她,领略她的风采,让她温暖的光辉照射我们心灵。

　　阅读过程中我们的情感起伏,我们的被征服,我们的流泪,欢笑,欣慰,黯然神伤,怅然若失,扼腕叹息,都让我们觉得如此幸福充实。假如我们再有幸能够写作,能够效仿某一位作家的语言风格,捕捉到一缕缕气息神韵,参悟到一些内在气质,当是一个写作者的万幸。起码，在我们成长的路上，在我们不安的内心，曾经有过他们的陪伴和抚慰。

经典作品中我们受到的心灵激荡，实在无法一一列举，仅只巴尔扎克笔下那些个性鲜明到极致、让人过目不忘的一个又一个人物；仅只约翰·克利斯朵夫出生时江声浩荡、日夜更迭、钟声复起；冉阿让死去时房间里那个扇动翅膀的天使；顿河边上阿克西妮亚失恋后迅速消瘦；安德烈公爵临死前握着娜塔莎的手说，我爱您；林黛玉得知宝玉要娶的不是自己，病中来至宝玉面前，相对无言，两人看着对方傻笑……无不包含着人类的高尚和真诚，卑微和痛切。我们会明白，所有经典，是为了照耀我们，让我们的心灵更柔软，目光更清澈，胸怀更博大，承受痛苦的能力更强。而这一切，都是为了我们更加热爱生活，热爱生命。不管我们流泪还是欢笑，都将深深地眷恋着这个世界，从而珍惜当下，过好每一天。

尽管曹雪芹说这是贾雨村、甄士隐、金陵城，还让故事披上了神话的外衣，其实还是想表达真实的事件与情感。我们相信他写到的很多事情，都曾经在生命中发生过。作者在抄家、落魄之后，回望自己一生，追忆生命记忆和昨日繁华，表达众多姐妹、那么多生命来过世上，那些无名者、卑微者，那些丫鬟、用人、奴才，他们和曹雪芹一样，有着曾经来过这个世界的证明和痕迹。其实这部大书，是作者的回忆录与忏悔录。

经典作品都是作家的生命表达,那些曾经痛彻心扉的记忆与最真心的欢乐,冷静痛苦的思索,皆历历在目。

经典作品都讲述着人类在前进过程中,对于自己生存的这个世界、这个社会秩序的维护和遵守,对尊严、法则、底线的一点点修筑和加固。人类总是向着那个更美好更理想的方向眺望前进探索,在这个大方向之下,不断地有调整起伏挫折困苦停顿回环。人类前进的步伐,就是一个不停地解决自己带来问题的历程。解决了一个小问题,迎来一个大问题,最终面对终极问题——生死。但人类从未停止过前进的脚步,始终在想办法解决我们人类自身生长出来的问题与麻烦,促进人类的文明一步步走到今天。

从经典作品中,尤其是从长篇小说中,我们会认识到各种各样的人生,看到各式各样的生活。它们是对生命最真实的记录,无不是按准了时代的脉搏,又总是具有当下性,让我们从中看到自己,最终明白:人应该怎样活着,应该怎样对待外部世界,对待他人。人生,不是没有失败,不是没有悲伤,不是不难过,不是不心碎,而是失败悲伤难过心碎之后,怎么办。

由此说来,阅读经典是伴随我们一生的功课。

作为写作者,每人各有自己的风格与偏好,阅读也各有侧重,而且,这世上的好作品,我们穷其一生去读,也只是冰山之一角,沧海之一粟。但是,有那么几部作品,有那么一些作家,他们是基石性的,无论你盖什么风格的房子,都需要他们来打地基,就像初学书法时要先临帖。提起这些名字,就让我们感到文学的庄严和美丽:《约翰·克利斯朵夫》《悲惨世界》《战争与和平》《红楼梦》《红与黑》,歌德、陀思妥耶夫斯基、茨威格、巴尔扎克、哈代、霍桑、福楼拜……

当然,阅读有两种,一种是有形之书、书本之书,一种是无形之书、社会之书。

学历不高的沈从文,一直在读一本社会之书,人生之书,他来到北平,"在旅客簿上写下,沈从文　年二十岁　学生　湖南凤凰县人,便开始进到一个使我永远无从毕业的学校,来学那课永远也学不尽的人生了"。

多么动人啊。

2009 年 10 月

茨威格的汪洋大海

　　茨威格的文学世界是汪洋大海,他写诗歌、散文,写人物传记、小说,他营造的是一片浩瀚无边的心理世界。雨果说,"世界上最广阔的是海洋,比海洋更广阔的是天空,比天空更广阔的是人的心灵"。茨威格的很多作品所反映的,就是这个比大海广阔,比天空广阔的"人的心灵"。

　　假如说巴尔扎克揭示了广阔的现实世界,是横切面,"拿破仑用剑未竟的事业,我将用笔来完成",那么茨威格营造的是幽深的心灵世界,是纵深处。我们可否说,上帝那些没有挑明的话,茨威格告诉了我们。一个是广度,一个是纵深,这两种艺术魅力交相辉映,难分高下,甚至,我们只能说,他们同样伟大。

　　茨威格除了故事的精巧,语言的优美哲理,最能牵动人心的是他那大段大段,甚至长达几十页的心理描写,以及他那神经质的无处不在的优雅,因为,这世上所有的写作,最终指向的是人的心灵。也就是说，文学是为心灵服务的，超越国界和种族，达到全人类心灵的沟通与共鸣，让我们明白，人与人之间，不同的只是外表、肤色、种族、所处社会制度、习俗规约等，除了这些硬指标外，全世界人类总有相同的地方——就像人类历史不论再进步发展，总该有不变的伦理秩序——那就是人的内心世界。

茨威格创作了大量的中篇小说、人物传记、散文。他的一生是行走的一生，倾听的一生，燃烧的一生，是敏感、优雅的一生。他采取的结束生命的方式是他一生的完美结局，我们找不出什么再让他活下去的理由了，他做完了他该做的一切，他燃成了灰烬，掏空了自己，他给我们奉献了《昨日的世界》的自传，甚至他写清了"关于我的狗的生活费"，削好了铅笔，在挂断来电时给友人说，听见您的声音我很高兴，所以他平静而坦然地告别。

网上有人逐篇简介他的小说，出现很多的字眼是艳遇、偷情、堕胎、卖淫、政治妓女……文学岂能如此简单解读？只看到了他作品表面的风情，忽略了他大海般壮观而细腻的内心——也许，那是故意忽略，是吸引眼球的一种方式。我不间断地翻阅着三卷本的《茨威格小说全集》、七卷本的《茨威格文集》，回顾我十几年来的阅读，重温他那浩如大海的作品和作品中深如大海的心灵，哪一个不是深沉的哲理，哪一个不是人生的无奈，哪一个不是同情与高贵的折磨和扭结，哪一个又不是人类终极的悲悯与绝望？

《心灵的焦灼》好像是他最长的一部小说，大约三四十万字，封·克克斯伐尔伐先生还是个卑贱的名字时,他从事辛苦而卑微的职业,他窃取巨额财产,摇身变为庄园的主人。他成功了,他胜利了,可自始至终,一种恐惧和自责控制着他,那羔羊般的姑娘只会用感激的目光望着他。他认输了,他向那老姑娘求婚,让她留下来,他们一起做这庄园的主人。多年以后,又一轮同情的故事在他们的女儿身上上演……那个十几年前的午夜,我流泪,我激动,我明白这世上最高贵的不是金钱和地位,而是同情和谅解。

《命运攸关的时刻》(十二篇),茨威格用精微的体察,如在现场的笔触,描述了人类历史上重要或者著名的时刻。《玛丽温泉的哀歌》就不用说了,一曲爱的绝唱和注定的心痛,年近八旬的歌德老先生爱上十九岁的少女,"宇宙万物纷纭挥霍,我怎能不在其中迷失"。而我想说的是《拜占庭的陷落》,一场紧张万分,浴血奋战的卫城之役,官兵英勇无畏,誓死护城,可是,敌人轻易进入,城池陷落了。为什么呢?因为,他们只守卫主要城门,而那个不起眼的小城门——没有上锁,无人看守,压根就被忽略了,敌人是从那里进入的。这多像我们的人生,那么多惊天地泣鬼神的奋斗经历,换来丰功伟绩,不断加固精心编织的人生护栏,却败在一件小事上,致使整个人生全盘皆输。我们人生的拜占庭啊,何时才是休。

像我这样的女人,平凡而微小,人生的每一次痛苦和精神深渊,不是为祖国为民族远大前程而担忧——民族伟业国家大计用不上我,我的激情也不是出于为全人类的解放事业而奋斗——充其量只是为内心自我的意愿或者卑微的情愫,那是不足为外人道的痛楚与焦躁,而我医治心灵创伤的方法便是,投入茨威格的汪洋大海,就像怕冷的人投入温暖的池水,就像怕见阳光的人走入黑夜的怀抱。茨威格为每一个受伤的心灵、挫败的野心准备了最好的温度,那是黑暗中的低诉,那是无声的哭泣,那是陪伴你的心灵世界。你的每一个心愿他都了解,你的每一次伤痛他都知道,你的每一次卑微破败他都看到,他是月光,他是黑夜,他是曲折的回廊外加青藤繁花密密实实地覆盖,他是水温适宜的大海,收容破碎的心和不甘的愿望。我曾经在人生的最低谷反复阅读《一个陌生女人的来信》《马来狂人》《女仆勒波雷拉》《感情的混乱》……我知道这个世上不论哪个角落的人都有可能为同样的问题而苦恼过心碎过,那些冗长而缠绵的阅读在沉沉黑夜里,在一个又一个阴霾天,我感到生命中破碎的东西渐渐修复。

哪怕是出于提高女性素质,哪怕是由于爱的功利,哪怕是最基本的文学浏览,中国女性都应该读一读《一个陌生女人的来信》。不要笑那女人傻,不要讨论是不是值得,她起码让我们知道怎样对待我们的爱情,她让我们明白,高贵和卑贱,原本也是"一对酷似而又迥异的孪生姐妹"。

2009 年 11 月

勒波雷拉:卑微者的挽歌

　　茨威格开掘了人类的内心世界,他笔下的小说人物:陌生女人,贵妇人,风流男子,残疾少女,收藏家,中介人,忠实的用人,癫狂症患者……是一个人生大观,各具特色,栩栩如生,令人难忘,那个叫作《女仆勒波雷拉》的,最是让我多年来不能释怀。

　　主人公原本不叫勒波雷拉,她不配有这样的名字,她是一个平民,只能有平民的名字:克蕾申琪娅·安娜,后面的一串没有必要写了。私生女,貌丑,文盲,终日无言,牲口一样劳作,这就是克蕾申琪娅。她被人有利润地从乡下带到了维也纳——带着一个草编篮子,里面有个黄色雕花小木篮,篮子里是她的全部家当——在一个男爵家做用人。白天沉默地工作,晚上倒头就睡,睡下的时候张着嘴呼吸。

　　如果不是那次人口普查,她会平静地度过她安静而贞洁的一生。可是全国要统计人口,包括像她这样的暂住人口。她不会写字,她的主人,高贵风流的男爵替她填表格,才问起她是哪里人氏。男爵说那是个好地方,他去那里打过猎,还在她当年做厨娘的餐馆就过餐,吃过她做的烤鹿肉。两个人一起回忆了那个风景优美的山区,最后,男爵高兴地在她屁股上拍了一下。仅仅是拍了一下,一个上流社会的体面无比的男人,也许是回忆起那次跟哪个女人彼处风流,也许他今天心情很好,也许他只是一个平易近人的主人,在自家女佣的屁股上拍了一下,就像他看到路边一个小动物而摆摆手一样,他一时高兴。

你永远想象不到,这个愚蠢而可怜的女人,这个三十九岁还从来没有被男人骚扰过的老处女,爱上自己的男主人将是怎样一种灾难。在她的家乡,男人那样拍一下女人是求爱的表示。而那个男主人,完全忘记了这件事,他自顾自过着他的风流生活,就像茨威格另一篇小说《一个陌生女人的来信》中那个男作家一样。他的夫人是一个变态而脆弱的上等女人,克蕾申琪娅自从爱上男主人后,公然对抗女主人,用下等女人最蠢笨最直接的方式对待她,终于,夫人被气病了。我们常常惊异在经典名著中,仆人可以把主人气得受不了,并且可以完全控制主人,《约翰·克利斯朵夫》《卡拉马佐夫兄弟》《查泰莱夫人的情人》里面都有类似情节,主人得看仆人的脸色。夫人要外出疗养两个月,她带走一个贴身女仆,把男爵交给克蕾申琪娅照顾。这对克蕾申琪娅来说是天大的幸福,好像男主人"属于"她了。不几天,男爵开始带女人回家,克蕾申琪娅欢天喜地地伺候他们,她也爱着那些高贵而风流的女人。她兴奋得像个孩子,窥视,偷听,她被主人的小情人调皮地唤为勒波雷拉,那是这位歌剧院女艺徒在熟记的一个歌剧《唐璜》里的仆人的名字,克蕾申琪娅也爱上这个名字。她甚至为主人拉皮条,找年轻的下等姑娘献给他。主人会随手赏赐她个小礼物,她视若珍宝,收集在她的小箱子里。

夫人回来了,病不但没好,反而更加脆弱,夫妻继续相互折磨。在一次争吵后男主人赌气外出打猎,嘟囔着这一切"彻底完结"才好。三天后,他被一封加急电报召回,他那精神变态到不能自理的妻子用煤气自杀了,这个结论得到警方认定,可他从亲戚的描述中,猜到这一切是谁干的,因为勒波雷拉在主人离家时应和道,"会的,会完结的"。这成为两个人在世上共同的秘密。

由于那共有的秘密——我个人认为主要是由于勒波雷拉是个丑陋的女人,我们想想看,如果她是个美丽女子呢?——主人的恐惧和憎恶越来越深厚,觉得和她共处一个屋檐下是一件困难的事。

终于,男主人又找来一个老管家,代替她的工作,她将不能出现在主人眼前。她迅速憔悴,像鬼一样终日躲在厨房,摔碟子打碗。老管家给男爵建议,厨房那个女人太可怕,随时会伤人的,恐怕会威胁到大家的安全。男爵默许管家解雇了她。

勒波雷拉把自己那个装着所有财产的小木箱留给男爵(里面

有他送给她的全部小礼物、钞票和一张照片），失踪了。"第二天，警察发出通告，说有一个四十来岁的妇女从多瑙河桥上跳下自杀。"

一个卑微的生命结束了，主人得到解脱，他的世界毫发无损。勒波雷拉内心曾掀起的风暴，比一丝风还轻微，几乎没有人知晓，只有洞察心灵的作家，为她唱起一首挽歌。

2009 年 3 月 30 日

马丁·伊登:作家的命运

在浩如烟海、声名显赫的世界名著中,美国作家杰克·伦敦的《马丁·伊登》排不到最前面,似乎也进入不了"五十强""一百强",可是我相信每一位作家都会小心而珍爱地拿起这本书,真诚地投入阅读,跟随着主人公马丁·伊登,体验一番命运的变迁和人生的奋斗,尽管他最终走向毁灭,但是我们和马丁·伊登一起证明,我们活过,爱过,写过,奋斗过,希望过,毁灭过。

一百年前,《马丁·伊登》这部小说问世。这是杰克·伦敦自传性质的一部长篇小说。贫苦漂泊的生活使杰克·伦敦的作品风格壮阔而大气,他无兴趣缠绵于那些高雅而轻浅的上流社会生活,他的笔触多指向广阔无情的现实社会,甚至是野外风光,那瑰丽多姿而凌厉多变的大自然。

马丁·伊登是个年轻健美的水手,贫穷正直而尖锐激烈,偶然的机会结识了鲁丝——大他两岁的上流社会女子,文学学士。

鲁丝也被他的健康、青春和强悍生命力所吸引。两人巨大的差距使马丁放弃水手生活,在这个城市里寻找别的工作,并且立志要当作家。

当作家好像是所有赤手空拳却想成功的文学青年的唯一选择,因为这是一个不需资金投入,不需要人合作,无须组织关怀,不费多少工具的事情,投入的只是精力与体力,或者说写作是一种手工劳动。只要有一支笔、几张纸(当然,现代社会你得有台电脑有个网络),只要你内心有烈火般的热情和强烈的成功欲,只要你有信念,有运气,有不屈不挠、愈挫愈勇的精神。当然,你首先要有才华。

上帝要想成就一个人,不是让他一下子成功,而是给他非凡的热爱。马丁·伊登热爱文学,有强烈的求知欲,善于思索,当然他更加狂热地爱着名利,爱着鲁丝。

马丁·伊登干繁重的体力活,挣的钱还要接济他那被丈夫抛弃、带着几个孩子的姐姐,他住在最廉价低劣的房子里,每天的体力劳动累得他晕头转向,回到房子里还要写作、读书。狂热的爱情让他有一种无穷的力量,是他对命运发出的挑战。他一次次投稿,一次次被无情地拒绝嘲讽,置之不理,因为他言辞激烈,偏执轻狂,笔下文字直指社会的弊端。他不理会或者学不会上流社会那一套方法,这个社会不欢迎他。"他在黑暗中挣扎着,既得不到忠告,也没有人给予鼓励"。于连式的人物永远都有,每个国家和社会都有，而社会对于连们并不宽容，对他充满戒备和敌意，因为于连们不按常规出牌，他们总是打破这个世界惯常的游戏规则，他们要做一颗尖锐的钉子，在本没有他们位置的地方硬揳进去，他们让周围人感到疼痛。

我们常用美好的理想、高尚的追求来解释自己的文学梦，没有人承认其实你别无选择。"无论人类世界或动物界，如此伟大又多彩多姿的不息运动，竟只是饥饿和性欲两种单纯的冲动所引起所维持的。"叔本华的这句话可能会让很多当下作家感到恼火，感到被玷污被戳穿。可是很不幸，假如你愿意认真对待你的内心，不得不承认，他说的是对的。还有很多人声称自己"淡泊名利"，在他们对自己的能力绝望的时候，这四字箴言成为他们对自己最大的安慰和保护色。

整个社会像个体量庞大轰轰作响运行不息的机器，绝不会为一个无名青年而停下来，让他这个小零件跻身上去，这个社会没有一个地方虚位以待，到处都是人满为患。你必须学会在这个机器的运转中掌握一种合适的速度，跟上步伐，伺机将自己这个小零件拧到一个位置上。马丁一次次失败，贫病交加。靠给人洗衣服生活的姐姐帮不了他，鲁丝也对他失去了耐心。养尊处优的文学女学士其实对创作一点不感兴趣，对文学也并不懂，她"没有自己的独立见解，也没有创造性，她显得有教养的种种表现，无非是重弹他人的旧调而已"，她对马丁的期望是让他尽快成名，否则她没有勇气公开他们的恋情,她其实"胆小怕事,把别人唠唠叨叨给她们的那套一钱不值的道德观念,照本唠唠叨叨地念出来,而却害怕过真正的生活",她爱马丁,"可是她更爱自己那套一钱不值的道德观念"。

鲁丝离开了马丁,马丁陷入命运的绝望之中,他每天藏身于洗衣房,被蒸汽和劳作折磨,没完没了洗涤和熨烫上等人的衣服,他的同伴因劳作而吐血,"高档衣服成了他们的噩梦",薄如轻纱的女士披肩如果被烫坏,他一周的劳动将付之东流,他悟出了"管理他们有一套乖巧的哲学,像蚂蚁般的爱好互助合作,然而造物主还是为了杰出的人物而淘汰了他们,造物主创造了芸芸众生,可是只挑选那最优秀的"。这可能就是这个世界上人人都想变得优秀的原因吧。

这个正常运转的机器突然出了点小毛病,不知道哪里有了点小状况,也许编辑大人打了个盹儿或一时糊涂,马丁的稿子被一个知名的大报采用了,他一夜成名,所有曾拒绝过他的人来到他面前,请求他赐稿,他们拿到他们曾经拒绝的稿件,在首要位置刊登。马丁成了名作家,有人来给他出书,来包装他,他一跃而为这个社会的新宠。鲁丝又来到他身边,试图再次投入他的怀抱。

绝望而疲倦的马丁拒绝了鲁丝,他一个人乘船旅行。这次出海和从前的每一次都不同。从前他是海员,为了生计,这次他是社会的新贵,他有很多钱,他穿着一身白色外套(他曾经小心打理过的那种"高档衣服"），他是一个游客，他面对大海回忆自己走过的路，他毅然打破自己房间的玻璃，跃身而出，投入大海的怀抱。

我想，这部于连式命运的小说之所以没有像《红与黑》那样拥有更多的读者，达到那么高的知名度，可能还在于女主人公只是个恪守礼教的女青年，她没有德·雷纳尔夫人那般风流多情。整个小说中也没有事关风月的翻窗跳墙的惊心动魄、吊人胃口，有的只是未婚青年的恋爱，有的只是马丁在奋斗道路上无尽的求知欲、好奇心，他自己悟出的人生哲理和生命足音，他和社会、他和命运的一次次对话，可是马丁·伊登的命运悲剧性，他强大的生命力丝毫不比于连减弱，甚至，他更悲壮，更浓烈。

杰克·伦敦并不是语言天才，可是"读者能在他最拙劣的作品中，忽然看到夺目的光彩"，"他有极细腻的洞察力，强烈的感情和对美的敏感。在他的大声喧哗下面隐藏着对无限浪漫和神秘莫测人生的强烈感受"（评论家语）。

我们穿越一百年的时光，捧读这个故事，感受人物命运，默默地品味这些语言，感受到了一位苦难作家浪漫而激情的心灵光彩。

2009 年 10 月

谁让鹿子霖落荒而逃

——论陈忠实小说的细节

　　我是在两年前重读《白鹿原》时发现并注意一个细节的:鹿子霖与小娥是这样"分手"的,小娥意识到鹿子霖已不值得她用整个身心去慰藉了,胸有成竹地将尿撒到鹿的脸上。这是鹿子霖和读者都没有想到的。我相信所有读者都像我一样屏住呼吸等待事情发展:这卑贱的小娥真是胆大包天,不知道自己的身份,也不知她羞辱的是个怎样的人物。她有好儿瞧了吧。

　　有意思的是,二人进行了短促而意味深长的语言交锋后,鹿子霖跑了,他几乎没有来得及穿好衣服,便落荒而逃,他在小娥追出来的一阵羞辱中抱着头跑掉了。

　　有没有搞错?

　　我又将书翻到前面鹿子霖在接近小娥时的一个情节:他第一次得手后,"耐着性子俟到逢十的日子,又一次轻轻弹响了那木板门。间隔太短,万一小娥厌烦反倒不好,间隔长点则能引起期待

36

的焦渴"。

他有必要这样吗?以他的身份和地位,以小娥的来历、处境和名声,他要得到这样的女人不是一句话的事吗?不是还有那么多女人上赶着来给乡约投怀送抱吗?而他要考虑到小娥的感受,当然也可以说是对自己的这场风流韵事有着较高的质量要求。他去讨好小娥,给小娥说了那么多承诺的大话,考虑小娥的生活,给她银圆。鹿所做的一切,全是一个男人对一个女人该有的——我说的是该有的,而不是我们长期以来因各种原因不得不默认的,现实中大家都这样衡量着遵循的。

鹿子霖不是恶人,也不是好人,他是一个活生生的、真实的男人。

我一向认为,因为和小娥的关系演进(当然还有他骗得白孝文的好地,通过小娥来毁坏白孝文从而想毁坏白嘉轩),使得鹿子霖这个人物形象更加丰满和生动,甚至在一定程度上饱满度超过一号主人公白嘉轩。他有情欲,有精明,更有男人的血肉、内心。

我只是一直对于他的落荒而逃这个行为有些许惊骇和内心舒展,是谁让他逃走的?

正像是雨果让冉阿让饶恕沙威,托尔斯泰让聂赫留朵夫最终忏悔,哈代让费洛特孙先生放走有外遇的妻子,茨威格让陌生女人直到死前才给男作家写信吐露真情,罗曼·罗兰让克利斯朵夫在发现自己爱上朋友的妻子后仓皇逃走……这里,是作家陈忠实

37

让鹿子霖落荒而逃的。因为在作家的思想里，有着所有大作家和人类内心最细微的悲悯与怯懦、焦虑，有着大多数人在心中小心翼翼地遵守、维护着，谁也不能去轻易碰触、打破的一些关口和规则。

鹿子霖除了半讨好、半计谋地占有小娥外，他不曾对名声已不好的小娥有过任何言辞上的不敬，而且在他从小娥家里逃走后，再没有交代关于两人之间的线索，我们至少可以推断，他没有像我们想象和担心的那样去报复小娥，而是让小娥按着自己的命运定数而去了。小娥落得那样的下场后，也没有见到他的反应，伤心难过？还是幸灾乐祸？作者没有交代。还是他认为两人缘分已尽，像这世上所有走到尽头的男女一样，不需再交代什么？

当然，小娥这样的女人，在那个时代是没有好下场的，一个鹿子霖饶过了她，还会有鹿三去杀她，村里人会再踏上几只脚，她的悲剧在所难免。但她总是有胆量在她认为不能接受的时候以那样的方式结束二人的关系，她短暂的一生，爱也爱了，恨也恨了，哭也哭了，笑也笑了，她想跟谁上床睡觉那是她的选择和无奈，在她内心有着自己的原则。而作者的焦虑无奈无法排遣，也只能寄托于小娥死后闹得村人不宁。

陈忠实另一部小说《康家小院》是写于20世纪80年代初期的作品，故事好像还要更早些，事件中心便是女主人公——天真的新媳妇玉贤爱上了来村里扫盲的杨老师，被突然回家的男人捉奸在床。想想吧,那个年代,农村,要脸面的庄稼人。也打了,也闹了,这是免不了的。这里的细节挺有意思:舅父来了,说,"那——算个屁事,大将军也娶娼门之妻"。已经在给自己找台阶了,因为他们心里都知道,"庄稼人,娶个媳妇容易吗?"又嘱咐戴了绿帽子的勤娃,不要再打了,"打得狠了,她记恨在心,往后怎么过日子?"还是要留后路,日子总要过的。玉贤自知理亏,来到舅父面前。"快去给舅做饭。"他"倚老卖老地说","像是什么事也不知道",给年轻人留着面子呢。随后,这个被请来掌握局面的舅父叮咛外甥:"这件事,不能松饶了她,可跟人家爹娘说话,话甭伤人。"农民的智慧、无奈、明事理全都在这些细节里了。

作品自始至终,没有说出一句诋毁,哪怕是责怪玉贤的话,她始终是那么美好,那么善良单纯,她面对一个"那样高雅的文明人",又一再向她进攻,她能拒绝吗?她在事情败露后找到他,希望要一句"靠得住的话",她就会和丈夫离婚,好嫁给她心目中的偶像,这又是傻得多么可爱啊。

最后,自然是经过一番自找台阶的波折,小两口终于和好了。在一个有月光的晚上,玉贤扶着喝醉了的丈夫,两人搀扶着,一起往家里走去。

与其说是康家人原谅了玉贤,不如说是作者原谅了她。也就是说,作家早早地——早得在二十多年前的中国,就将世界文学散发出的温暖而美丽的光辉洒向一个乡村女性。

再来看看作家盛名之下的小说《日子》,这篇小说约万字,凝练到几乎没有多余的几个字。沙滩上终日劳作的夫妻俩所受的打击确实让人同情。而作者一句话,"我去跟他说说话儿能不能行?"一种含泪的酸楚和感动,让人感到作家的细微与关爱。他想给男人说什么? 劝解? 安慰? 还是要帮他什么? 而他们之间很明显没有什么交情,只是萍水相逢而已。

　　我们一向强调,优秀的作品,要有宏大的结构,广阔的叙事,深厚的社会背景。岂不知"大有大的难处",已故著名作家李準曾说过:"故事好编,细节难寻。"作品结构越大,对作者的挑战也更强。结构只是像一个人的骨架,而填充、修饰、支撑这骨架的,靠大量的细节来完成。故事谁都会写,而将故事写好,立得住,打动人,有闪耀的思想光辉,让作品像一个健康的人一样血肉丰满,有模有样,那就不是只靠技巧、靠我们总是强调的"宏大"能解决的。

　　我们是不是可以说,往大里写谁都会,而能将小处写好,细节写活,那绝不是一两天之功。有那么多作品够大够广够深,上至航天下到战场,上至中央下到地方,却最终没有能够打动人心,留传下来,我们是不是可以说,那是细节上出了问题。

2007 年 4 月

等等灵魂

　　我在三十个小时内（除过睡觉和日常生活琐事）读完《等等灵魂》这部长篇小说。这在我的阅读史上是个奇迹，然后，它沉甸甸地压在我的心头。

　　这是一个奇妙的故事，就像作者所说，"千万不要对号入座，这只是一个故事"。作者是个讲故事的高手。（不，茨威格说过，"其实作家用不着虚构，只要能保持日益精进的观察与倾听的本领，就自有各种形象与事件源源不断地找到跟前，让他做它们的传话人。谁要是常常致力于解释他人的命运，那么，会有许多人向他倾诉自己的遭遇的"。）总之，呈现于我们眼前的故事就试图在"解释他人的命运"。一环套一环，缤纷多彩，险象环生，闪着绚丽的亮光，语言波澜壮阔曲折萦回幽默有趣，牢牢地牵着你挂在你心上让你欲罢不能，让你来不及呼吸，只是紧张得像个好奇的少年被作者牵着走，走下去，急于知道谜底，虽然你已猜到，这世界该生长的生长该壮大的壮大该毁灭的毁灭,可你还是想知道它们是怎么回事。

一个商业童话一个商业梦想,一个病态社会的一群病人,被吸附在欲望的大轮盘上,快速地转着,转着,停不下来了。因为起转和停转,都将有巨大的震荡,难免造成伤亡。各色人等多姿多彩粉墨登场了,坚硬的软弱的强大的微小的直接的迂回的丑的美的真的假的赤裸裸的羞答答的,急切切乱纷纷都来了,时不我待只争朝夕你死我活,怎一个乱字了得!啊不,看着乱实则不乱,因一切都有游戏规则。你说累却不累,早就有成败定律,社会舞台人生舞台欲望大舞台,带着灼人的炽热带着炫目的闪光不知疲倦地炫着我们的眼睛,直叫人欲罢不能。

故事还将生生不息地上演,我们还是说文学吧。

我们常说,讲故事谁都会,《故事会》上,各色离奇的故事都有,每一期层出不穷,可它只是故事,它不是文学。普通作家也会讲故事,可那仍然只是故事。只有大作家是通过故事来折射人生,反映社会。"故事性是检验一个作家到底看到了什么"(一位外国作家的话)。

那么,在《等等灵魂》里,作家看到了什么?

各种各样的人来到主人公任秋风的办公室推销,有极讲礼貌的男人,有妩媚撒娇的女人,有从前的下级,有说两句话就跪下的人,有卖了房子老婆已跟人跑了的孤注一掷的南方客商,有变戏

42

法般地带着狗来一起表演的……

"这就像是一个小型的、只为一个人演出的舞台,每天都有各种各样令人忍俊不禁的剧目上演。那或是喜剧或是谐剧闹剧,或是小品或是相声大鼓书,一出一出都是让你乐的,你脸上不乐肚里乐,肚里不乐心里乐,这一切都是为了胳肢你,怎么舒服怎么胳肢。也有让你生气的时候,那是奉承得不是地方,或是媚得过了火;你骂他了,他夸你原则;你不原则,他夸你厚道;你不厚道,他夸你聪明……统共一个求字,商人在求人时,是什么话都说得出的。"

岂止商人,凡是人,有求于人的时候不都是这样吗?或许也有不这样的,那只是另一种方式罢了,目的嘛,总是一样的,这叫殊途同归吧。

"在这种时候,你不知不觉地就成了一个具有生杀予夺大权的人。好,是你一句话。不好,也是你一句话。要,是一句话。不要,也是一句话。你就是标尺,你就是准则,你就是那个随时可以说 no(不)的人。那么,要怎么样你才恩准说一句 yes(是)呢?"

这是作者从故事中看到的。我们说文学手法有"含泪的笑",是不是也该有"含笑的泪"?

有一段时间,我酷爱从谷歌网上看城市地图,那是从空中实拍的,我可以从地图上找到每一个大城市;我最感兴趣的是我生活的城市,我看每一条我去过的街,找我居住的地方。那地图还可以缩小,我将它不停地缩小缩小,直到它成为一片小小的图画卧在秦岭的北坡。我突然在夜里流泪了。这就是我生活的城市,它说大那么大,包罗万象;它说小又那么小,安静地只是小小的一个画面。

我在小说中看到作者上面那两段叙述时,突然就有了静夜里看城市地图的感觉,人的心,说大那么大,无所不能;说小又那么小,那么微观明细那么相似,所谓的献媚、请求、友好、权益、说法、爱情、友谊、竞争、合作、反目、谈判、欢迎光临、下次再来……种种一切的背后,只有一个内容:金钱,我们为此制造的明媚芬芳异彩纷呈的内容,太多太多了,真难为呀。

作家看到了,他看得那么详尽周密,充满同情的悲悯,他一定是站在了一个很高很高的地方,就像我看那些地图一样,可以将它放大,也可以缩小缩小再缩小,直到读者含笑流出热泪来。

2007 年 10 月 14 日

平凡的世界

　　两天假期,在婆婆家,看到桌上放着《平凡的世界》,是女儿读过后没有放回书架上,我随手拿起来翻一翻,却又放不下了。

　　在我的那个书架上,有一套三卷本的《平凡的世界》,还有一本上册。这里面有一个难忘的故事。

　　1993 年或者 1994 年的春天,我的一位要好的女伴送我几本书,里面就有一本第一部的《平凡的世界》,她路过一个打折的书摊,这些书都是打折买来的。那几本是什么我忘记了,只记得我看完《平凡的世界》第一部是一个星期天的傍晚,一切故事和人物命运正如火如荼地展开,双水村的各色人等纷乱乱上演人生悲喜剧,我那颗文学青年的心也激动难耐,急切地想看到后面的故事。我记得在解放路有一家秋云书店,店面不大,却很是红火,国营大书店可能快关门了,去这一家比较保险。下公交车又走了半站路来到那家秋云书店,提出要买后两本书,店主说不拆开卖,要卖就是一套,共二十一元钱。可是我只带了二十元钱,在家时我想,第一本七元一角,那么后两本顶多十五元。我给店主说好话,店主铁面无私地说,那不行,剩下的一本我卖谁去?我问,那能便宜一块钱吗?店主轻蔑地说,不便宜。

我的自尊心受到严重伤害,更重要的是那颗文学青年的狂热心灵受到了创伤,我转身离开那家书店,哭了,怀着满腔的悲愤和委屈,一个人顺着解放路向南走,来到姐姐家,还是不能平息激动的心情,竟放大声哭将起来。现在想来,一个二十来岁的大姑娘,那样哭泣,真有点不可思议。姐姐一家人吓坏了,我好不容易平静下来,说清了事情原委,姐姐的婆婆给我二十一元钱,要我去买书,我说只一元就够了,可她非得给二十一元,说她要送我这套书,又叫姐姐陪着我去买。我把钱豪迈地交给书店主人,拿了一套完整的《平凡的世界》,姐姐把我送上公交车。

回到家就如饥似渴地阅读。如今我充满温情地回忆起这一切,因为那时候我的妈妈还在,做好饭叫我我也不吃,叫得急了我就发脾气。现在回想起来真是温馨,妈妈有时候还坐在床边,默默地陪我一会儿。那几天我下了班就躺在床上看书,不吃饭不睡觉,看得头都晕了。

半年之内,我读了两遍《平凡的世界》,每次都会哭,都会笑。这样一部百万字的作品,对一个文学青年的冲击力太大了,我甚至想背起包去陕北寻找那个双水村,我坚信这个世界有一个那样的村子,有一群那样的人,在那种无法想象的艰苦环境里,顽强而温情地追求梦想。

今天我突然回到十几年前,一整天都在读这本书,还是一会儿笑了,一会儿眼里含着泪。大致地重温了那个故事脉络,挑拣我认为有趣的章节阅读,好多我已经忘记了的,在作品中不重要的人物又出现在我面前,卑微而顽强地展示着他们的魅力。当然,现在我是一个成熟的读者,十几年里,读了更多的世界名著、一流作品,是一个有着创作经验的人了。重读《平凡的世界》,我看出了它的不少问题,理智地来看,这部作品并不完美,并且有着很明显的缺陷:比如文字粗糙,比如简单直白,比如图解形势与政策,我尤其不喜欢的是,对主人公的肯定,一定要高干子女爱上他们,孙家三兄妹无不如此。这说明作者内心有着非常卑微的情愫,当然,这不是路遥一个人的,是我们整个国民的悲哀。但是,纵然这部作品有再多的缺点,也掩盖不了作者最大的一个优点,那就是真诚。路遥对文学、对人生的一颗赤子之心,作品中所反映的青春、梦想、奋斗、爱情、亲情、友情……甚至同情,都是那么真挚、纯粹、美好,深深地打动我们,这些又恰恰是人类最本质的感情,最容易引起每一个当代中国人的共鸣。往往,简单就是美,简单就是最大的力量。这部作品最大的魅力应该是作者对这个平凡的世界的爱与梦想,对严酷现实的永不屈服,作品主人公处处体现着人的尊严感。

作为编辑的我，曾经趴在办公桌上整理校样，翻到田小霞死去，她父亲给孙少平发电报那个场景，也还是停下来又像一个恭敬的读者阅读了那个过程，禁不住湿了眼眶，想起多年前看到田小霞被洪水冲走，眼泪哗哗地流。

路遥对笔下哪怕是微不足道的一个小人物的书写，都是那么真切动人。比如王满银，比如郝红梅。双水村的日常生活，生动而鲜活。从农村到城市，一幅幅动人的画卷。于是，我们终于情感战胜了理智，或者说，我们压根就怀着满腔真情，爱上这部小说。路遥作为一位作家，取得了巨大的成功。或许冥冥中有一种力量，他知道自己活不长，所以拼命绽放光彩。短暂的生命，以辉煌定格。

我们最终还是得承认，这是一部卓越的作品，路遥不到四十岁写出这样一部壮阔的作品，更是了不起。因为它的浅白，因为它的简单，它拥有了更多的读者，它葆有赤子之心，更能打动人。它表达的又是人类最基本最朴素的愿望与情感，这些情感在路遥的笔下，纯净而美好，鼓舞人心，令人向往。假如简单是那么美好，是如此打动我们，触动我们内心最柔软的部分，照亮我们的内心与前路，我们暂时也没有必要探讨什么深刻了。

2009 年 5 月 2 日

灿烂千阳

这是美籍阿富汗作家卡勒德·胡赛尼继《追风筝的人》之后趁热打铁之作。《追风筝的人》全球销量六百万册,全书占有畅销书的全部因素,让人不能释卷,而《灿烂千阳》跟它比起来好像悬念少了些,煽情因素少了些,显得稍为平淡,读的时候迟疑而缓慢,但最终读完之后,书中人物命运在你心里停留的时间更长一些。

少女玛丽雅姆是个私生女。她母亲娜娜是扎里勒老爷的用人,被扎里勒诱奸后怀孕,赶出家门,在小城边上的村子里一个泥屋安家,生下了她。扎里勒老爷定期让自己的两个儿子送来粮食物品供母女二人生活(因为妇女不能工作,没有男人的陪同不能出门),他每周四来看望自己的女儿。于是,玛丽雅姆生活的全部内容就是等待周四,等待和父亲共度的美好时光。她十五岁那年生日来到的时候,提出想到她父亲经营的电影院看场电影,最好和她父亲的那些合法孩子——她的兄弟姐妹们一起去，边吃冰淇淋边看《木偶奇遇记》。扎里勒让她明天在河边等他，他会安排好一切来接她。第二天，玛丽雅姆等待一天，最终没有等来自己的父亲。黄昏的时候，她不顾娜娜的警告和劝阻（娜娜说男人的话是不可信的即使他是你父亲，相信男人的话你会吃苦头，娜娜请求女儿不要离开她，除了女儿她将一无所有），一个人走下山去，进到她十五年来从没有去过的那个城市，一路打听来到她父亲家门外，被门卫阻止不能进去，她在门外睡了一夜，父亲躲着不见她；第二天早上她被父亲的司机送回泥屋，伤心的娜娜已经上吊自尽。玛丽雅姆被扎里勒接回那个阔绰的家里，很快扎里勒的三个妻子逼迫她嫁给一个来自喀布尔的中年鞋匠，婚礼当天就被领走，远远地离开她出生的地方。大家如释重负，她高贵有名望的父亲终于抹去了自己生活中不光彩的一页。

玛丽雅姆在喀布尔一次次流产，不能为鞋匠生下孩子，开始遭受家庭暴力。

鞋匠邻居有一个知识分子家庭的女儿莱拉，豆蔻年华，美丽非凡，受过良好教育。莱拉的恋人是在苏联进攻阿富汗的战火中失去一条腿的少年塔里克。这时的阿富汗已经战火不断，民不聊生，有门道的人（有点钱，有点地位的）都在想办法出逃，逃到周边的巴基斯坦、伊朗，当然，最好是经由这里逃到美国去——就像本书作者或者《追风筝的人》里面的阿米尔和他的爸爸一样——塔里克也要随他的父母出逃了,前来告别的时候,这一对少男少女冲破强大的宗教束缚以身相许。过了十几天,莱拉一家也准备出逃,就在收拾行李的时候,一枚炮弹击中她家的房屋,一家人转眼之间就只剩下十四岁少女莱拉。她的邻居鞋匠大叔把她从废墟里挖出来,送到医院抢救,给她养伤,给她饭吃,然后,逼着她嫁给自己。这时的莱拉发现自己怀孕了,举目无亲,如果走出鞋匠的家门,她不是被拐到妓院就是饿死或被塔利班处死,因为塔利班对女性的要求更为严酷:通奸者被石块投掷而死,妇女不能工作,不能高声说话,出门要有男人陪同,穿上布卡(从头到脚包严的那种罩袍),没有丈夫允许不得走出家门——这一切都是以高尚万能安拉的名义——何况她未婚先孕呢。鞋匠编织谎言,说少年塔里克已经死在逃亡的路上。六十岁的鞋匠觉得自己简直是慈善家,是他救了莱拉,所以他对这个十四岁的妻子为所欲为,想打就打,想骂就骂。而玛丽雅姆认为是莱拉抢走了自己的丈夫,用她愚蠢的狭隘和自私与莱拉对抗。纯洁善良的莱拉默默忍受着,只为了生下自己和塔里克的孩子。生下女儿后,家庭矛盾更多,鞋匠怀疑孩子的真实身份,家庭暴力成家常便饭。少女莱拉坚忍的美德和善良终于感化了玛丽雅姆,或者说玛丽雅姆自身良知复苏,开始帮着莱拉照顾孩子,同病相怜的两个女性心越来越贴近,情同母女,相依为命。莱拉一点点偷鞋匠的钱,和玛丽雅姆一起策划了一次逃跑事件,但不幸的是,她们带着孩子还没有离开喀布尔就被人告发，被警察送回了家中。鞋匠把二人打了个半死。过了几年，莱拉生下鞋匠的儿子后，阿富汗局势更加混乱，鞋匠失业，家里人连饭都吃不饱，不得已把女儿送到了孤儿院。莱拉去探望却得不到鞋匠的陪同，在街上常常被塔利班打得遍体鳞伤，驱赶回家。她一次次出门，一次次被押送回家，无望地思念着自己的女儿。

　　塔里克并没有死，他只是在逃跑的路上被塔利班抓获，坐了七年牢。出狱的他辗转回到喀布尔寻找自己的恋人。鞋匠得知莱拉和塔里克见面，再次毒打莱拉。眼看莱拉就要被掐死，玛丽雅姆在身后用铁锨打死了鞋匠。玛丽雅姆被处死——乱石打死——换来了莱拉的自由。莱拉和塔里克带着两个孩子逃出喀布尔，来到边境，在这里，他们可以过上相对平安的生活了。莱拉寻访玛丽雅姆从小生活的泥屋，追寻玛丽雅姆的足迹，见到她小时候的朋友，得到扎里勒临终前写给女儿玛丽雅姆的忏悔信，看到他给女儿留下的一个录像带《木偶奇遇记》。莱拉回顾自己短短二十多年的生命历程，回想她和玛丽雅姆共处的时光，思索祖国阿富汗的命运，她和塔里克，这一对年轻而历尽沧桑的夫妻，回到战火稍停、百废待兴的喀布尔，回到那些孤儿中间，教他们识字、唱歌。小说的最后，莱拉怀孕了，一个新的生命将要来到人间，"如果它是个女孩，莱拉已经给她取好名字了"。

　　这是一部书写女性命运的小说，全面反映三十年间阿富汗饱受战乱,身处战乱中的妇女儿童的生活状况,描述阿富汗女性的坚强不屈。经历那么多苦难,她们的心中仍然充满希望和阳光,充满爱和不屈,充满宽恕与美好,向往人类的尊严,向往和平美好的生活,并且愿意为此付出自己的所有。

2009 年 7 月 30 日

第二辑　那些草木葳蕤的生命

精神永在

——怀念陈忠实老师

这是一篇他再也看不到的文章了。从前,写了有关他的文字,转给他看,他会打电话来,说声"写得好!谢谢"。

陈忠实老师的离去,不只是一位作家的去世,而是一种精神的轰然倒塌,大树的突然倒地,令我等陕西文坛的晚辈,惊惶不安,心痛不已。每天早上醒来,要接受一个现实:陕西文坛,再也没有陈老师了;陕西文坛,竟然没有陈老师了!! 这个巨大的伤口,要在我们心中长久地疼痛着。

文坛的大树

在陕西文坛,甚至整个文化界,有这样一个"奇观",在任何一个陈老师并不在场的场合,只要一提起他的名字,人们都会说起他的好,并且每个人都能讲出几件事例来,大家都会有一种温暖、踏实的感觉。要知道,文人相轻自古有之,作家们更是积习难改,气人有,笑人无,当面不会说你差,背后绝不说你好。而对陈老师是个例外,所有的赞美和热爱,皆是由衷:大家对他的作品,服气;对他的人品,敬仰。

陈老师一方面有大智慧,对人生看得透彻,另一方面又有着跟年龄不相符的天真和简单,常常对社会上发生的一些奇谈怪事,对文坛的种种包装运作感到由衷的惊讶,皱着眉头,睁大眼睛:"哎呀,做人咋能是这样子嘛?"

陈老师的形象和精神气质,介于欧洲绅士和关中农民之间,总强调他的农民身份不全面,他毕竟是知识分子、作家,大量西方名著的阅读对他有很大影响,比如他待人接物,日常礼节,都是绅士风度的,进门女士先请,适当地夸奖恭维女士,分寸把握很好,不卑不亢,流露出天真可爱,保留着自我尊严。

是的,他是一位尊严感很强的人。尊严不只是来自名望和地位,他是用自己的人格、言行,对大家有所帮助、恩惠,赢得了世人的尊重。他内心里其实有着西方的骑士精神,扶助弱小,最大可能地惠及他人,这也是中国人所追求的穷则独善其身、富则兼济天下的士的精神。我常跟刚认识陈老师的人说,你别在意他话不动听,态度不亲热,老陕都是这样,只要你的要求合情合理,他总会想办法帮助你的。

虽然面冷,但他绝不是一个冷漠的人,他甚至有一颗火热的心,对生活,对文学,对他人,总是真诚相待,若不高兴,就直说出来,不会来什么虚情假意。尤其他自己经历过贫困,深深理解下层人、小人物的不易,对他们,更是尽力帮助。

常常有一些文学青年、文学中老年拿着自己的书稿,找到他,请帮忙推荐。他所要做的就是耐心听完讲述,拿起电话,给出版社的我们打来,叮嘱我们认真看看。有时候,遇到某个青年生活状况很差,还会给钱。有次听他说,昨天给了一个上门来的年轻人一千元钱,说完自己嘀咕,"会不会是骗子?"

看看我们身边,得到过他帮助的人真是太多了,大到工作调动,小到推荐稿子,求一幅字,签一本书。文学上的事自不必说,他责无旁贷,多方奔走,为青年作者、业余作家创造了多少条件,解决了多少实际问题。关于给作家评职称,大家都知道陈老师的那句话:"尽量给大家都评上,其实就是给作家的碗里多一块肉而已。"想必他很明白,既然是大树,也就慷慨接纳了前来乘凉的人。

陈老师的书法——他自己称为毛笔字,"我这是哄人的"。常有追慕名人者索求或购买,他也早已经声明:我的字,有钱人来买,不议价;文友、朋友办事,孩子上学,老人看病,需要送人,一分钱不收。

大约七八年前,一位甘肃的文学爱好者,在我社出书,托我请陈老师题写书名。那位作者想用一万元表示感谢,我说陈老师不会收钱的,她执意要送。去取字是晚上八点左右,在作协陈老师的办公室,那位作者拿出装钱的信封,陈老师坚辞不收,然后去给我们倒茶。趁他转身时候,女作者将信封塞向茶几上一堆报纸里,陈老师余光看到,突然大怒,两步跨过来,抽出信封扔到茶几上,眼睛瞪得好大,样子煞是吓人,受到了污辱般的恼火,挥着双手,喊道:"这是干什么!! 要是这样,今后不要来咧,不要做朋友咧!!"女作者赶忙将钱放回自己包里,陈老师接着去给泡茶,说了会儿话,我俩告辞。我回到家后,接到他电话,让我转告那位女作者,请原谅他的态度,这是他的规矩,谁都不能破。

后来我开玩笑说,陈老师不爱钱,不需要钱? 他说,钱谁都爱,我怎么不需要钱? 可不是啥钱都能拿的。

也有些企业家、有钱人想买陈老师的字,到这个时候,他就不让价了,自嘲地笑着,露出少有的幽默,"他们有的是钱嘛,亏我这穷作家干啥。就是那个价,要了要,不要算"。

几年来,经我之手,给朋友、文友向陈老师索字不少,他有求必应。电话相告,说明事由,陈老师会说:"好,让他来取就是。"若需特别内容专门写的,他会说:"我写好后给你打电话,你再把我电话告诉对方,让他来取。"两三天之内,必会接到他电话。他晚年之后,常说记性不好了,见过好几面的人也想不起名字。但是答应的这种事情,从来没有出现过"哎呀,忘记了"的情况。我之前工作单位,一位普通工人丁纪,自学书法,业余时间办了个书法班教孩子,想求陈老师一幅字,题写"丁纪书法",挂于培训处。陈老师对底层奋斗者,最是体恤理解,听我在电话里陈述之后,他痛快地说:"好,写好后,他来取。"4 月 29 日,那位工人朋友,听到陈老师去世的消息,写一副挽联,托我带去陈老师家中。

写小说的文友高涛,前年儿子上中学,想进一个好点的学校,托我问陈老师要幅字,陈老师当即答应。高涛去取字时候,带了两盒新茶,陈老师将他一番责怪,"咱都是工薪阶层,花这钱干什么?"与陈老师聊了会儿文学,告别的时候,陈老师将他送到门口,站在老式防盗门里,一直目送他拐下楼梯,才挥手告别,轻轻关上房门。

我于 2014 年,策划出版了一套书,"中国文学新力量"小说集,收入当下几位成绩突出的青年作家的作品,五月份在西安搞一个签售活动,我想请陈老师和当时在西安挂职副市长的吴义勤老师出面,接见一下来自全国各地的这几位青年作家。二位老师欣然前来,陈老师还带来新版《白鹿原》给几位签赠。那天晚餐,大家很开心,都为陈老师平和、慈祥的大家风范所感召。第二天,朱山坡说,想托我向陈老师求一幅字。我说,你自己要更好一些,他会给你写的。已经到机场的朱山坡给陈老师发了一条挺长的手机信息:晚辈朱山坡,久慕您大名……就要离开西安了,"朱山坡"是我村庄的名字,我写作之初用来作为笔名,若您能为我写这几个字,请通知瑄璞,让她取了,寄给我。短信发出一会儿,陈老师电话打给他,说不用麻烦小周,让他将地址发来,写好后,交由杨主任寄去。过了不久，我看到朱山坡发来的图片，已经将三个大字裱好放在了办公室。

慈爱的长辈

陈老师退休之后，在南郊石油大学有一个工作室，他每天就像上班一样去那里，工作写作，接待来访。多年来一直是杨毅主任为他开车接送。

陈老师总是为别人考虑。平日里，求字、签书这些事找他，电话相告，要专程去登门，他总是说，"不要来回跑了，书放到作协传达室，杨毅拿来，我签好后再放那里，你去取就是"。因我家离作协很近，走路十几分钟，作协传达室就成为我们来回取送东西的中转地。他爱吃羊肉泡馍，而杨主任不吃牛羊肉。陈老师每周六天去南郊的工作室，周末两天杨主任休息，周六这天白鹿书院会派一个年轻人开车接送他，所以他经常在周六这天，到东门外的老孙家吃泡馍。而我家离老孙家也很近，有时候我的签书、要字的请求，他会约在老孙家见面。"老孙家，我请客。你先去给咱占位子，我大概六点半到。"他说这话时，总带着豪迈和慈爱。他和司机，我们三人，两个小菜，三碗泡馍。吃完结账时，他从口袋里掏出两张钱。一开始我也曾表示过我来付钱，他眼睛瞪得好大："咋能叫女士埋单？我工资比你高，还能写字换几个钱。"有时，吃泡馍的队伍有所壮大，他也会把有事求见的其他人约到这里。我们也都乐得他来埋单，享受着"吃陈老师的"那种幸福与满足。走出老孙家，夜色中，他背着那个磨得露出里面皮色的黑皮包，有点腼腆地站在路边等司机去开车，就像这个城市里普普通通的男人或者老人，会有路人认出他，上来打招呼，他平和地握手、微笑，甚至会有点害羞。坐上他的车，捎到我家路口，我下车，与他挥手再见。会有路人对着远去的汽车说，陈忠实。

2014年10月的一个周日，下午接到陈老师电话，听起来心情很好："把你的朋友、伙伴叫上，老孙家，我请客。"我打了几个电话，几位文友雀跃前往。却都没想到这是最后一次和陈老师相聚老孙家。从后来的照片上看，那天有杨主任，另点的素菜和稀饭。一位文友带了好几种版本的《白鹿原》请他签名。"这么多年来，没有哪天不签书的。我可以拒绝达官贵人的邀约，绝不慢待拿着《白鹿原》让我签名的读者。"那天陈老师兴致挺高，抽着雪茄，谈笑自如。此时再看当时照片，他风度翩翩，沉思或谈笑，都是那么坦然、旷达，夕阳一般温暖、宽厚。我们围在他身边，我拿手机，给他看网上关于他的一个什么消息，他很开心的样子，一位智者形象、长辈形象，永远定格下来。

最后一次见陈老师，是2015年9月10日或11日。

2011年末，我的鲁迅文学院同学安昌河与县上文友一行，来西安出差，拜访了陈老师，带着几本《白鹿原》请他签名，给县上文友田涌泉带回一本。田先生用当地的一种海绵生物礁化石,刻了一只白鹿,要献给陈老师,却一直没有顺车捎到西安来。2015年夏天,听到陈老师查出病的消息,我立即联系安昌河,要和丈夫开车去四川,将"白鹿"取回。安昌河和田先生火速将"白鹿"快递给我。这时陈老师已经不能发声,无法再接电话。我将"白鹿"拍了照片,微信上发给他女儿。女儿勉力回信说,他已看到,非常感谢,先放我家里,他好些后,会派人来取。几十斤的石头一直放在我家中。现在想想真是后悔,我怎么就不能亲自送到他家里呢?地址已经从勉力那里问出,只因他的客气话,也就搁置下来。当时还是有一种侥幸,他经过治疗,就会好的,他会一直长长久久地在这个世上,我有的是时间和机会,将"白鹿"交给他。

我八月接到通知,要到鲁迅文学院深造班学习,九月中旬去北京,一走四个月。而陈老师这时病情有所稳定,又能到南郊工作室去了。我打电话,说走之前要将"白鹿"送他家里去。他说,不要我跑路,他从南郊回家路上,到我家楼下来取。说好的那天下午,我丈夫上班前,先将"白鹿"连着盒子抱到楼下传达室。五六点钟,突然狂风暴雨。陈老师从南郊来到我家的路上,走了近两个小时。雨越下越大,我换好衣服,坐在桌前等待,打几次电话,都说在路上,堵着呢。终于终于,快八点时,来电话说,到了。我飞速下楼,大雨中,陈老师撑伞站在院子大门外,单薄的身躯好像在大风中打晃(他总是这样,几次路过交接东西,必要下车站在路边等待）。我抓住他瘦弱的手,不知道该说什么。他拿着两本书,说:"这是我新出的两个集子,送给你。你到北京去,好好学习。祝你一切顺利。"或许当时的他,把跟每个人的见面,都当作最后一次,他看我的眼神,比平常更加关切、温柔。我握着他已经很瘦的手,不愿松开,却说不出合适的话。对于癌症,除了说,保重身体外,我还能说什么呢?

杨主任已经将"白鹿"抱到汽车后备箱。陈老师转身离去,坐进汽车,再一次挥手,叫我回去。我打着伞站在路边,一直到他的车开走。这是我与这位文学大师和慈祥长辈的最后一次相见。

这些年来,我替别人要了不少陈老师的字,自己却没有留下一幅可作纪念。他查出病后,还有人不断去求字,陈老师只要身体许可,都尽力而为。而我却觉得,不能再开口要了。

真诚的老师

1993 年,我二十出头,仅仅是一个文学爱好者,没有发表过任何文字,突然听到一个名词:陕军东征。在文学还算神圣的上世纪 90 年代,这个词成为街头巷尾的谈资,大家被这个神圣的词语激荡着,颇有点到处逢人说东征的感觉。没有一个城市像西安这样,给作家如此多的关注与重视,陈忠实、贾平凹,人人皆知。当然这是因为他们的成就足够高。

2002 年夏天，初识陈老师的我，拿着买于 1993 年的《白鹿原》请他签名。他说："哎哟，你这本是头版第一次印刷，我手上都没有，能不能这本给我，我再买本新的送给你？"我说，当然可以。

再见陈老师时，他送给我的版本，是 2002 年 4 月北京第十一次印刷，印量已经是十三万册。我请他在书上多写些字，将换书经历写上，陈老师欣然应允，坐在桌前，密密麻麻写满了书的前环衬，又仔细盖上印章。

我慢慢走上写作道路，出版了几部长篇小说，《白鹿原》也认真研读两遍。突然有一天，在饭桌上，我说，要写一部和《白鹿原》抗衡的长篇。陈老师淡然一笑，说："你写嘛，说这话的人多咧。"事后，有位评论家老师告诫我，年轻人说话要考虑后果，你要知道《白鹿原》在当代文学的位置，在文学史上的地位，要知道陈老师写《白鹿原》所下的功夫。这位老师的言下之意，是我有点不自量力。但是我想，再了不起的作品，也是人写出来的，一部里程碑式的大书，会成为后来者的标尺，至于我能不能写出，那是后话，但将其作为奋斗目标，总是可以的。

有时候，身边的楷模要比远方的更有感召力，近在眼前，经常见面的前辈们的成就，会有一种暗示，让我们心生妄念：或许，我也可以。我相信，像我一样默默努力，奋力生长，要从大树身边挤出来，够向阳光的，陕西文坛还有不少人。

对于我的长篇小说《多湾》，陈老师自始至终都很关心、帮助。

早在2007年，就是我口出狂言的时候，《多湾》列入中国作协重点扶持项目，消息一见报，他就打来电话祝贺，那口气是真心为我高兴。书稿完成后，他亲自给大出版社编辑打电话，进行推荐。后来，出版不顺利，他对我说："不要着急，好好打磨，不论是中国文坛，还是你个人，都不缺长篇，而是缺精品。"书稿在磨铁公司选题论证时，需要他这位大腕写几句推荐语，他立即写在纸上托人捎给我，使得论证顺利通过。

就在临终前两天，他还给我写了几句话。

为配合读书月，三秦网做了一个关于藏书故事的节目，我讲了自己和《白鹿原》的故事，包括受《白鹿原》激励和鼓舞写作《多湾》的经历。

4月26日，我将三秦网的链接发给陈勉力，让她给爸爸念一念，因为知道他病重，不能说话。多年来，他只会看短信，不会回，就打来电话，有时候立即打来，有时候过几个小时，有时候第二天回电。我发去笑话，他电话来，没有说话，先哈哈笑几声，说两个字，"好，好"，挂断电话。而我除了"喂"之外，还一个字没说呢。就是这么可爱的一个老人。

近一年来病重，他很少回电话了，但我仍然过段时间发短信问候他。不见回电，就知道情况不好。勉力说，每条短信他都会看的，只是不能一一回电了。最后一次接到陈老师的电话，是2015年12月，《多湾》出版，我从北京鲁迅文学院寄书给他，接到他电话，只说了两句话："书收到了，祝贺你。"我说，"接到你电话真高兴，证明你身体好些了，你不用说话，听我说……"我那天说了挺多，关于《多湾》出版的前前后后，或许还有些废话，我知道说什么不重要，只是想将与他通话的时间延长一些。他只是听着，听着，最后又艰难地说："祝贺你。"

4月27日中午，勉力给我发来一条微信："遵嘱转达了你的问候，并把你发来的文章念给他听。他还写了几句话：书出版不久，我即想打电话，无奈失去话语能力，便作罢。后来看到一些评论，评说准确合理，更在深度和独特处。我既失去话语能力，也基本失去写字能力，病害如此。二十年前一段文学插曲，你却鼓劲暗下使力，终于获得成功，表示钦佩，更在祝贺！"

我感到幸运和温暖，陈老师在生命最后时刻给我写下这段话。

今年春天，得知他病重，很想去看望，但想到他一贯的拒绝，他是一个那么自尊的人，英雄迟暮，夸父病伤，定是不愿让人看到，我等若贸然闯去，或许他会心里难过，又会打扰他，只有为他默默祝福，过一段时间发个短信问候。他再也没有回过电话。文友之间相互打听他的身体状况，在很多场合，总会有人问起，陈老师怎么样，有人说不好，然后大家沉默。他的病，成为陕西文坛一个沉重的话题，乌云压城般，笼罩着。

一个人的生命价值与意义，不因长短，而在于他的成就和为社会、为他人所做的贡献。成功有两种,一是自身功成名就,飞黄腾达;二是能够用自己的能力和地位造福社会,帮助他人,用高尚人格影响身边的人,赢得世人爱戴与颂扬。陈老师可说是达到了两种成功,他的一生是辉煌的,圆满的。记得陈老师说过大意如此的一句话:我只祈求老了之后,上天能保留我正常思索的大脑。那么这样说来,陈老师又是幸福的,因为他直到临终,脑子都很清醒,还能用书写与这个世界交流,他保有尊严地走完了自己壮美的一生。他新出的那本书,《生命对我足够深情》,这一定是他的心声。

上周我与陈勉力见面,她说,父亲直到最后,都是清醒的。想与人交流的话,都写在本子上面,大到给新任省长的寄语,小到让家人去"叫护士"。当然,他给我的那段话,也永远留在了那个本子上。勉力说,他离去的那一刻,面容非常安详,"样子可好看了",解脱了所有病痛,恢复了一个关中男人的体面容貌。西京医院太平间的一位工作人员,是他的崇拜者,每天去查看一次他的面容,向家属报告。他一直定格在那个体面而尊严的表情里。

敬爱的陈老师,头枕《白鹿原》,安详地走了。留给陕西文坛和我们后辈写作者,巨大的、宝贵的精神财富,他的人格力量,将一直鼓舞着我们。不由得想起那句诗:有的人活着,他已经死了;有的人死了,他还活着。

2016 年 5 月

隐忍与解禁

还是从当年的陕军东征说起。那时很多从不读书的人都变成了文学爱好者,常常是走在大街上,见迎面过来一个莽汉,手里拿一本《废都》;去到那些从来家里没有一本书的人家,看到桌上放着一本《废都》——想必他们都是冲着里面的那些框框去的。

当时太年轻,我的人生黑白分明,横平竖直,看了《废都》后找不到多少共鸣,也不理解里面男女主人公的生活方式。后来《废都》被禁,我慢慢结识了贾平凹先生,交往不是很多,无非是在某个会议上遇见,上去问好,闲谈几句,然后就是哪个文学新人或外地文友求见大作家,或者有人购他墨宝,托我玉成,我便给贾老师发短信。他基本上是有信必复,有求必应,购字价格也算优惠,叫我在朋友中有点面子,虚荣心得到满足。于是远远地敬佩他。

几年前,有一位作者拿来书稿,我阅稿过程中看到里面有一个某编辑部的年轻编辑,默默无闻,木讷拘谨,甚至有点窝囊,多受人欺负。我给作者说,你写这人是贾平凹。她说是的,她哥哥曾跟贾平凹共过事,他真的就是那样的一个人。现在想来,那些当年曾过分地欺负一个与人无害的文学青年的人,也许他们为贾平凹的成名推波助澜,使他更多地尝到世态炎凉,读懂人世沧桑。而一个敏感自尊的人,总是把这些当作他奋进的动力。贾平凹曾在一篇文章中写过,当年他父亲领着他到县教育局,想用自己的退休为儿子求一个乡村教师的职务,被政府的人恶言嘲讽,无礼对待,他蹲在一边无奈地看到这一切。而后来他成名后,被家乡请回去做贵宾,围绕在他身边,甜言蜜语的还是这些人。

贾平凹的生病和早年家庭所受挫折打击,苦涩贫穷的童年,使他有一颗敏感自卑而善体察的心。这想必是成就一个大作家的必要条件。

想起与贾平凹的交往中,只见到他亲切平易,对身边每一个人谦恭有礼,没有一点架子,说话像拉家常般,轻言细语,从不与人争执,常常是你说啥就是啥的淡然,甚至常从他身上看到乡间农民那种礼节周到,恪礼行事,从不轻慢对待每一个人。这就是一个作家将世态炎凉看惯之后,自我修炼的一种大境界,或者由于他本身敏感、善良的本性使然,他知道卑微者的卑微,他体谅无名者的无奈。当然,我们都能想象,能够写出那么多优秀作品的人,能够在中国文坛一直以来占据重要地位,能够有巨大市场号召力的人,他拥有的绝不只是自卑。自卑只是他人生的出发点和奋起点,就像海明威被记者问到为何要写作时,他说,缘于自卑的童年。可能多半从事写作的人,都会有一个自卑的童年,可是,凡能成功的作家,毫无疑问都有一颗自信自强甚至自傲的心灵,只不过他们包裹得更深,在心灵深处,自卑和自信像一对孪生姐妹,纠结辉映,撕扯打磨锤炼着那颗尖锐敏感的心灵,让他们在隐忍沉默中等待,卧薪尝胆,磨刀霍霍,假以时日,成就自己的事业和理想。贾平凹成长的道路上,伴随着的除了赞美与掌声,收获的多有批评、嘲笑、谴责甚至谩骂,可他从没有停止过前进的脚步,他只是用行动,将那些人远远地甩在身后。就像他早些年曾说过,面对退稿信,他要做的是换个信封和地址,当天再寄出去。

《废都》被禁十七年,贾平凹内心的痛苦灰暗我们不能详细得知,我们所知道的是他从来就没有停止过写作,他写出一本又一本新作,他几次入围而最终问鼎茅盾文学奖。

《废都》解禁,成为中国文学界一件大事,陕西文学圈子更是一片欢腾,众人纷纷祝贺,包括那些骂过他的人,嘲讽过他的人,表明不屑于他的人,争先恐后发长篇短信祝贺。我本想,作为必要的礼节,也应发信祝贺的,可想了想还是作罢。我与贾老师一样,都不是那种热情四射的人,我们都比较害羞、收敛,在与人交往中处于被动地位,我们都曾尝过失败,受过挫折,见惯了这世上各种人事变幻,人心莫测,利益交错,变脸变情,我们都有一颗体察谅解宽容的心灵,对势利的世界,对轻妄的人群,无奈而顺应。

我理解他此刻的心情不只是喜悦。那几天他的手机想必已经发热到爆炸，我还是不必去锦上添花了，他那个织锦已经千堆万绣，超级华丽，不需要我再去绣上一针，我只在心里默默祝福他，一如既往地关注他。

国庆节前，参加省作协座谈会，会前见贾老师被安排在创联部，埋在一堆书里给他的《废都》等三卷本签名——这是他永远的待遇，走到哪里都没有自由，不是签名就是合影。他边忙着签名，边对我说，看我命苦不？走到哪儿都得签名。我说，好，签吧，不影响你。他说，你看我现在，签名水平高得很，根本不用看，跟人说着话就能签。我说，您这境界已经像巧手女人织毛衣，到了出神入化的地步。

早有创联部老师递来贾老师给我签赠的书。我拿着新版《废都》，坐在一边，默默地看着他埋在几堆书里，有的书堆在变矮，相应别的书堆在增高，他被自己的作品包围，他被成功环绕，他并不高大的身躯伏在桌子上，写呀写。一个作家，可能一生就是这样，把自己从年轻写到衰老，从清新灵秀写到沧桑老到。我想起在报刊上见他年轻时的照片，清秀的样子甚至看起来很幼稚，中学生一般。可现在的他，走到了中年的尽头，脸上再也没有幼稚的踪影，他衰老、疲倦、坦然而幸福。一切都变了，身份，地位，人群对你的态度，全都按着当初你所梦想的样子实现了，唯有不变的是你对文学的热爱和对命运及生活的隐忍。

手中崭新的《废都》，是轻型纸，但经过十多年的沉浮，还是感觉它沉甸甸的，有着纸张的温度，有着文学的坚守。而现在的我，也早不是十七年前那个幼稚单纯的小姑娘，经历了人生中最重要转折、最纷繁美好年华的我，如今感叹青春已逝，感叹人生多艰，再读《废都》，能理解庄之蝶和他的女人们吗？

2009 年 10 月 27 日

两棵大树的相互眺望

　　见到全国各地的文友,我被问得最多的一个问题是:陈忠实和贾平凹,到底有没有矛盾。

　　我很明了地回答:据我所知,没有。被问得多了,我会想,为什么对这个问题感兴趣呢? 可能是期待听到一些秘闻、揭示,人们惯常所见的相轻、争斗。因为文坛这样的事确实不少,一山不容二虎,常常是某两位大腕不能相见,甚至听不得对方的名字。那么,你省这两位超级大鳄,一定会更有好戏看喽。文友们在得到我的回答后,常常还会追加一句:据说二人从不出现在同一个场合。我说,那是因为那个场合不够重要,不可能同时请到两位大腕。

　　我一般会接下来解说:二位老师不像你们想的那样,有着神秘的、不可调和的矛盾。首先,他们都是善良正直的人,本着一颗善良的心作文、行事,从无害人之心,更不会去伤害对方;再者,二人都是视文学为生命的人，他们心中，最重要的是文学，是写作，不会有过多精力去琢磨对方或者相关人事纠纷。我与二位老师相识十多年，也都很相熟，从未听到过二位有攻击对方的言辞。陈老师口中，对方是"平凹"，凹字上声，发"娃"的音，像是兄长对小弟的称呼；贾老师称对方为"老陈"，柔和的言语里透着亲切。

我这样解说，可能对方还是不太相信。因为文坛上，确有很多省份都有那么一对不可调和的"冤家"，其矛盾纠葛也多被传为"佳话"，难道你们陕西就例外吗？那么，有哪个省，两位作家都同时取得如此高的声誉，有着如此广泛的读者群和关注度？他们一定是越过了我们常人难以企及的境界与高度。将军赶路，不撵小兔。他们知道自己在这世上的使命。

至于两人在公众视野中没有亲密表现，你们见过两棵挨得很近的大树吗？既然是大树，为了保证自己的枝叶伸展，树冠阔大完美，必须保持一些距离。陈老师和贾老师，就是这样两棵大树，长在同一片土地上，保持了合理的距离，看得到对方，却互不干扰。没准儿人家"根，紧握在地下，叶，相触在云里"。当他们还是"群木"的时候，就知道有一天他们必得移栽开一定的距离。可他们在内心里，一定会是惺惺相惜、互相尊重的。君子之交淡如水，可能就是说的这种关系。

坊间都在传说贾老师的吝啬，可谓版本众多。其实多是以讹传讹，是早年间大家都是穷哥儿们时，甲乙丙丁、张三李四的行为。几多夸张与荒诞，皆因一个"穷"字。文友们当作笑料来说，又写了文章安在他身上，也算是文学创作上的"树立典型形象"，现在看来，颇有些"含泪的笑"。贾老师何等智慧，也不争辩，你们开心就好。于是传着传着，越发奇妙。与之相对的是陈老师的大方豪爽、乐善好施。我的理解是，因为经受过极度的贫穷和艰辛，命运的残酷打击，陈老师更加体谅小人物的不易，愿意助人；因为经受过极度的贫穷和艰辛，命运的残酷打击，贾老师更加谨慎，小心低调。我们尽可歌颂前者，但也应该理解后者。不同的人对生活有着不同的理解，有着不同的处世方式。陈老师耿直豪爽，对不喜欢的人与事，直接反对与拒绝，甚至拍桌子，怒目相向；贾老师常常隐忍不发，以柔克刚，对人永远客客气气，好言相对，拒绝人也是婉拒，找一些得体的理由，让你觉得合情合理。陈老师匍匐乡间小桌，四年艰辛，成就《白鹿原》，一举奠定文学地位；贾老师 20 世纪 80 年代就在全国成名，力作不断，影响力持续不减，伴随着挫折和毁誉，屹立文坛，从不放弃，终于修得正果。两位都是专注于事业，呕心沥血浇灌文学花朵的人，用自己的生命创造了神话的人，哪里会有时间和精力考虑和与不和、矛盾不矛盾的事情。

去年，陈老师去世，全国文坛，一片悲鸣，民众对他的哀悼声势浩大。而这样的时候，有人对贾老师产生非难，逐字分析他的每一句话，每一个字。文友们谈及此事，我叹息一句，贾老师怎样做,你们才能满意呢？如果他的悼文洋洋洒洒,千言万语,声泪俱下,会不会又有人说:作秀,虚伪！反正对于挑刺的人来说,可能你怎么做,都不对。

陕西文坛,一棵大树倒下了,还有一棵大树屹立。有一个不争的事实是,从前去亲近陈老师,有求于他的那一部分人,现在流向贾老师,他成为陕西文坛的主心骨。不管他愿不愿意,历史选择了他,陕西文坛选择了他,将一个高尚而烦恼的使命放在他的肩上,他要像当年的陈老师一样,用大量时间来接待,来倾听,来施以援手。我们不知道,他会不会为此苦恼,但他别无选择,只能一次次打开门来,迎进各种各样的问题和五花八门的请求。

陈老师定格为一个神话,留下了宝贵的精神财富。我们会发现,陕西文坛,依然枝繁叶茂,草木葳蕤。陕西文坛,依然是一个高地,引无数人暗自使力,起跑,追赶,超越。

2016 年 8 月

贾平凹到底有多忙

如果不是亲眼所见,你永远不知道贾平凹会有多忙。

每年要找贾老师两三回,或签名,或代朋友求字,或把文友捎的东西给他,或因什么事请他写几句话。程序是这样的,先发短信(一般情况他不接电话),说明缘由,他指定时间,去工作室。要锲而不舍地发短信,约五六回,才得以见到。他经常的回复是:在山里月底回西安;在外地下周再约;先放你那里过几天再约一下;事情若不急再等几天……总之没有说立即能见到的,所以朋友所托之事,我从不敢一口答应,只能说,试试吧。贾老师说的时间,一定要按时前往,因为过了点,就是下一个人了。每次去他那里,总是将前一个人"撵走",十来分钟后,下一个人进门,我再被"撵走"。也有时候,几方人士前后几分钟进门,这个在书房立等写几句话,那个到楼上谈一下,客厅里的坐着等待。想必贾老师可能也是抽出半天时间,将来访者挂号排队,挨个儿接见。有一种说法:成功者都是善于管理时间的人。上帝给每个人的时间都是每天二十四小时,若不合理安排,他哪里有时间写作呢?

当我在贾老师那里跟他谈话的时候,排在我后面的人可能在上电梯,再后面的人或许出了家门,开车上路。

好在贾老师善良温厚,所求之事多不会失望,只是需要等待。两月前有鲁迅文学院同学安昌河托我请贾老师题写两个书名,我让他先写好短信发来,说出他这两个书名的重要性,请贾老师题写的必要性,总之,就是要打动贾老师。因为找他题字写书名的人太多,他常做之事只能是拒绝,否则大作家什么事都干不成了。

几分钟后,一条微信发来:冯翔是北川县委宣传部副部长,2008年"五一二"地震中,他失去了近百位亲戚、同学、朋友,最疼爱的儿子也在这场浩劫中罹难。2009年4月,冯翔选择了极端方式离开了这个世界。他生前创作的反映羌族百年风云的长篇小说《策马羌寨》和散文集《风居住的天堂》,由长江文艺出版社出版发行。马上将由四川人民出版社再版。他的孪生兄长为了更好地纪念他,特别想请他们兄弟二人都非常喜欢和敬爱的贾平凹老师题写一下书名,并敬奉润笔……烦请瑄璞帮忙联系一下。感激!

我将这条微信复制,短信发给贾老师,问他可否写。贾老师很快回复:写呀。不要费用。几时要? 我过三天去上海几天,回来写行吧。

当然行啊,这等于挂上号了,我转告同学,先请他放心,耐心等待就是。

贾老师从上海回来,停了两天,又去上海,再次回来后,终于短信通知我:你今晚八点左右来,我九点出去。

怕堵车误了时间,我七点多就从家里出发。不想今年入冬后车辆限号,路上格外畅通,七点半就到了他工作室。贾老师刚展开纸拿起毛笔要写字,门铃响起。我去下楼开门,一位靓丽女士站在门外,原来贾老师约她七点半来,我抢占了她的时间。靓丽女士不急,坐着等待。好像所有来他这里的人,也都不急了,因为这里有一种奇妙的氛围,让人安静下来。他那一屋子的神神佛佛,挨挨挤挤,也都非常情愿地坐在那里,我们这些凡人,急什么呢。贾老师写完字下楼,那位女士早已在客厅将文件展开给他看,是使用了贾老师一篇文章,想再请他写几句话。我因没跟贾老师说上半句话,心有不甘。将写好的字摊在书房地上晾着,对二人说,等你们处理完,我要跟贾老师谈几句话。我在书房,看他小楷写了贴在柜子上的字条:美德十二条,饮食节制,言语审慎,行事有章……看他各种各样的收藏品,皆有一种大度安然的气质。只听得外面二人就文章中几句话起了争执。女士要将贾老师早年间一篇散文与她的新兴行业扯上关系,请他签字认可,贾老师表示抗议,靓丽女士一再坚持,娇滴滴地申诉理由,贾老师只好允了。按说可以走了,又要让贾老师送她一本书,贾老师说我从不送人书,也没有书,女士不依,撒娇不肯走。贾老师只好从房

81

间拿出一本自己新出的散文集,打开签名,那女士让他签一位男士的名字,再多写几句话。我拿手机记录下这一幕。贾老师边签书边说,我向来优待女士,基本上有求必应。可最生气的就是她摆弄半天,是给她男朋友签的。怪那女士自己不拿书来,蓄意的。女士继续撒娇,啥蓄意嘛,真的是买不到你的书了,朋友听说来见你,非要一本不可。不管怎么说,女士得逞了,开心而去。时间到了我的八点,我得以坐下来与贾老师安静说几句话。

安昌河收到贾老师题写的书名,非常高兴,可能受到鼓励,又买了几套贾老师作品,毛边精装书寄来,请作家签名。两大包书,让我望而生畏,实在无力再搬去工作室,只好放在作协,请办公室人员留心,哪天贾老师来开会,一定告诉我。

那一日上午,突接小车电话:"贾老师来了,在跟钱书记谈话。"我飞奔至作协,先将两包书拆包,每本的塑封撕掉。好家伙,四套书,三十二本。作协机关的人们,也都得知贾老师到来,张三李四,大迟小冉,变戏法似的拿出许多书来。几次去打探谈话是否结束,工作人员已将贾老师办公室门打开,不断有人将贾老师各种著作抱来,桌子上、茶几上已经聚集了上百本书。又有几位求见者陆续到来,想必是贾老师约他们在作协见面。书法家史老师要送书法展的邀请函,诗人远先生要送诗歌研讨会的邀请信,摄影家郑老师要让贾老师在他新出的《贾平凹影像集》上写几句话,秘书长要给贾老师送他自己的新作。这是贾老师与新上任的钱书记头次会面,二人在书记办公室谈话,已经有一屋子人和一屋子书在这里等他,门外走廊上,还站着几位观望者。

十一点过后,听得有人说,来了,来了,但见贾老师在几个人簇拥下,进到自己办公室,先与几位来人握手寒暄,交接请柬书籍等物。门外有人说,想跟贾老师谈个事,问他多会儿有空,贾老师说,没有空啊,从早到晚都没空。然后坐下签书。每人将要签的名字早已经写好,夹在书里。史老师叮嘱了书法展的时间,就要告辞,贾老师说,等会儿,我这里签完,咱一起吃饭去。史老师于是坐下等待,其他几位客人也坐着,观摩他现场签书,好像都很迷恋这种气氛。不见有人出去,只见有人进来,一摞又一摞书搬到桌上,他一本一本地签,还抽空抬头问我,最近情况咋样,工作还满意吧?我答好着呢,他说,那就好,飞快丢过来一个笑脸。他基本可做到边签名边说话,给这个人说一句,和那个人应一声,身边人都不冷落。别人告诉我说,成套的书,他只在上面一本签对方名字,下面的,一律只签平凹二字。我不甘心,想一会儿看情况再说。

我们自觉形成流水线,有人提前把书打开,有人在他签完后拿走书,有人挪动书堆。书桌前面,墙一般站着四五人,在他签完一本后,插空说话。司机说,某人请你吃饭,已经到工作室楼下。贾老师说,让他再等一会儿。小李手拿三份合同,说这是某出版社少儿阅读的那本书,请你过目,签字。贾老师暂停签书,在三份合同上签了字。小阎拿着一份文件,请他看其中一条与文学有关的内容。他抬头先夸小阎的粉红毛衣,"你这袄好看得很",再拿过文件仔细看后,说他知道了。后勤科长来问,今天冬至,贾老师是否在灶上吃饺子?贾老师问,我这里三四个人呢,有没有那么多饺子?科长说他去看看,司机又说,工作室那边楼下,人还在等着。贾老师说声那一会儿再说,又埋头签书。他手机一直在响,司机说,这个电话已经打了几回,你接一下吧。贾老师起身接电话,走进里间门口,可又不好意思将门关上,背对着我们,就算是自己的独立空间了,在十几人的监听下,他告诉对方说,收到了收到了,我正在签书,回头再签。书桌前围站的人数,还在增加。创联部王主任拿着文件,也挤在桌前。贾老师抬头问,你啥事?王主任哈哈一笑,没事,看你笑话,谁让你当大作家。

轮到我那几摞书,搬至他眼前。他说,别人成套的,都是只签一本名字,给你,全都签了吧。我恨不得三人名字,全是冯飞这样简洁,不想偏有一位叫韩贵钧,真是抱歉得很,贾老师仍然一笔一画地签了。

我将书抱回自己办公室,拿包回家,路过二楼,贾老师办公室那里,还有人不断走进去。时间是差三分钟十二点。

不知道贾老师那天的午饭,到底是怎么解决的。

2017 年 12 月

84

婆婆的倒计时

其实后来想想,有很多兆头告诉我们,事情已经无可挽回。

公婆那里没有暖气,冬天就住到我们这里来。二老来后,我家养了好几年的一个绿色植物死了,另一盆很皮实很好养的铁蝴蝶,开始变黄枯萎,茂盛的叶子很快凋零,一天一个样子,其变化之快让人惊异。

我十多年前出差买了一个铜铃铛,搬几回家一直带着,挂在阳台上,突然那一天,绳子断了,铃铛跌落在地。

过年期间,已经重病的婆婆在卫生间漱口,旁边的人递水,不小心杯子落地打碎,赶忙又给找个喝水杯子。在医院里,病房地板打蜡,搬动床位,姐夫在搬床头柜时,老化的塑料把手断裂,新杯子又啪的一声掉地,连同半杯水迸裂开来。

最为惊心和诡异的是,婆婆住院后,老家要来人看望,嫂子回北郊公婆家里收拾房子,到家先烧好开水,要灌水时发现暖水瓶内胆不知何时裂成碎片,堆卧在瓶底。

每一桩事,都让人心里一惊,不敢说破什么。

在我们这里住着,二老每周回北郊一次,收收报纸,看看花草,公公到活动中心打半天麻将。老两口出双入对,早上去,下午回。

朝南的大房间叫他们住,我们一家三口挤在小房间一米五的床上。过几天我和女儿说挤得受不了了,于是,丈夫到大房间,跟他父母睡在那张一米八的大床上。想必婆婆非常幸福,一边睡着老伴,一边睡着宝贝小儿子。夜里她和公公合盖一床被子,两人只占了床的一半。有时候我晚上过去找东西,看到薄薄小小的被子盖着两个人,都有点不好意思。

每天下班回来,婆婆已经烧好稀饭,菜也洗好切好,只等我回来炒。

丈夫的哥、姐不时过来看望他们,带来很多好吃的,给我家里不时添置东西。婆婆还把他们那边怕冷的几盆花搬来,她对着一盆花说,你也来享几天福吧。我这里变成了一个其乐融融的大家庭。我开玩笑说:"妈,把你们房子卖了吧,拿着钱世界游去。"

"那我们住哪儿呀? 没家了。"

"就住这儿呀。"

"这儿,总觉得不是自己家。"

"儿子家不就是你的家吗? 住住就习惯了。"

爹妈在哪儿家就在哪儿,过年哥姐他们也来这里。新房里大家庭十几人团聚,热闹欢乐,走动的亲戚们,也循着他们的足迹而来。看到婆婆脸上现出发自内心的幸福和知足,我们也很高兴。只是春天一来,他们非走不可,怎么留都留不住。公公迷恋着那里老年活动中心的麻将,婆婆惦记着那边的老熟人。只有漫长的冬天,才能让他们到这里来。

他二人做伴,又出去买了宣纸、颜料,婆婆每周一次到北郊的老年大学学画画。我让婆婆先在餐桌上画,过完年后给她买个案子,今后就可以在我家开展她的书画事业了。她的画作,很是符合她那个年龄和认知的审美。鸟都胖嘟嘟的,肚子圆鼓鼓,伙食很好的样子,当然她不考虑它们的飞翔,也谈不上什么意境,只让它在花枝上摆个 Pose(姿势)而已。像所有初学国画的老年人一样,她最爱画的是牡丹,全是开得很盛,叶子和花瓣都很对称的那种。没上过学念过书的人,对于国画,只能理解到这个程度。

婆婆在卫生间洗澡,我在门口敲门问,妈我给你搓搓背吧,她说不用,口气里有明显的客气。我直接开门进去。我看到她八十岁的身体,枯萎,无力,些许虚弱,我几乎不敢用力了。想起十八年前,我刚嫁过来,一起去澡堂洗澡。六十岁出头的她,身板结实,皮肤洁白紧绷,后肩那里的肉敦实实的,浑圆有力,显示着她还有的是力量,还可以为这个家继续做贡献。那时总嫌我搓得不用力,让使劲搓再使劲,于是她厚实的脊背上,白里透红,光亮光亮,像蒙着一层塑料布。婆婆的皮肤白于常人,全身除了头发眉毛之外,竟然再没有一丝毛发。她在四十多岁的时候,头发就开始变白,等我见到她时,已是全白,这让我觉得,她是晶莹剔透的,冰清玉洁的。或许,她是那种异于常人的人?我常常为此惊异,洗澡时好奇地看她没有毛发的身体。

元旦之后,她说身体不舒服,让闺女带着去看病。燕姐陪她先看中医,抓了药回来,吃了几服,不见好转,到大医院去看,又拿了药回来吃,仍不见效,再到医院去,做了些检查,结果出来,说是肝硬化,已经腹水,当即住院,做进一步检查,其中有一项叫加强检查。燕姐说,凡是需要做这种检查的,都是不妙。结果出来后,燕姐打电话叫我丈夫去。晚上九点多仍不见回来,我在家心急,打他电话,只听他在电话那头干哑着嗓子低声说,胰腺癌晚期。我们可能都被这个新出现的词吓住了,电话里两人好久没有说话。我问,大夫怎么说的?还有没有办法?

"大夫说,或许还有一种介入式治疗,每天给患部那里注射一种针,让癌不要扩散,国外进口的针,每针六百多元,医保不报的。"

"那能维持多久呢?"

"最长半年,最快,那就不好说了,随时吧。"

挂了电话,我立即算账,每天除了打针,恐怕还会有别的费用,就按一天一千块,一个月三万。这样下去,但愿能维持几年,钱不够用,那就卖房,先卖东关那套,再不够,就卖刚住上的新房,西安治不了,就去北京、上海,总之要不惜任何代价挽留她在这个世界上。我一个人躺在床上,仿佛已经进入急着卖房的状态了。

第二天下午,丈夫拿着片子去西京医院找专家问询。回来后,失魂落魄的,坐在桌前,饭也不吃。我追着问专家怎么说的。他头上冒出汗珠,眼里涌出泪水,看看客厅里坐着看电视的公公,小声给我说:"没有办法治,乔布斯、帕瓦罗蒂就是这种病,都治不了,只能回家,慢慢的,就吃不成饭了,还会疼,就在附近找个小医院或诊所打营养针,再到最后,针打不进去,就完了。"俩人呆坐在餐桌边。公公耳朵不好,且在盯着字幕看电视,完全没有注意我俩的谈话。

"我哥我姐和我商量,先不让我爸我妈知道。"他起身走到门口挂衣间,向我招手,拿出诊断书让我看,一张我们常人看不懂的片子,下方给出结果"胰腺恶性肿瘤晚期"。他说,西京医院专家只把片子拿出来一看,就啥都明白了。我问,那能不能转到西京医院呢?他说,专家说没必要了,哪里都看不好这种病,这个医院说的那种介入式治疗,根本没用,挣钱的。他又将片子藏在储物柜里,贴边放在那里。

疼痛,不能进食,黄疸排不出……夜里我睡不着,想想婆婆将要遭受的折磨,热泪流下来。为什么受罪的常常是好人?

两人躺在黑暗里。我问他:"如果把咱们两处房子都卖了,回到从前租房时候,换来你妈病能治好,你愿意不?"

"愿意。"他说。

每晚一两点才能入睡。早上睁开眼第一件事,心里涌起一个大大的命题,啊,一个好人得了绝症,我们要眼看着她承受病痛折磨而毫无办法。没有做过坏事,没有害过人,为家为子孙操持一生,天不明就起床念经,为什么落得这样下场呢? 再也不能清晨起来就看到阳台上透过灯光,听她坐在薄纱后面念经,再也不能看到她皱纹的脸笑成一朵菊花,再也不能看到她利落的身影,走路的样子根本不像一个八十岁的老人,再也不能听到她用年轻人一样的嗓音叫她孙女的名字,"杉杉"。

所想起的,全是她的好。

作为一个老太太,她不啰唆,总是知道什么时候该说什么时候保持沉默,你做得好与不好,她不说你,只是用她自己的行动感召你,让你自己知道哪里没有做好。

刚结婚那几年,我们住在公婆家里,小夫妻之间,婆媳之间,妯娌之间,偶尔会有小磕碰,那时我年轻气盛,与丈夫吵架毫不相让,为点小事把他训来训去,总要占了上风才行。公婆、哥嫂保持永远的沉默,从不参与、评说,也不来劝架,吃完饭下楼散步,腾出地方让我们俩在家吵。过后他们一个个回来,装作家里吵架这事完全没有发生过。

那时家里刚开始有电脑,丈夫晚上打游戏,吵得我睡不成觉,一次次劝说、抗议无用,我骂了他一通起床收拾东西回了娘家。第二天婆婆打来电话,代儿子向我赔不是:"我跟你爸已经批评过他,今后再不会这样了,今天下班回家来,啊,今后也不要这样半夜出门,不安全。"

那一年热播电视剧《大明宫词》,婆婆看得如醉如痴。那时侄女琳琳上小学,我的女儿抱在她怀里。每晚八点,老少几人同时坐在电视机前,跟着剧情或喜或悲。有一天我在外有事,快九点才回家,却见公婆和孩子坐在客厅里,电视没开。"咦,咋不看电视呢?"我十分奇怪。

"电视坏了。"婆婆说。

"咋不到我房间看呢?"

"你没回来嘛,咋能动你东西。"

"哎哟,快来快来。"我赶忙挑门帘进去,打开电视招呼他们来看。

公公婆婆都出身于旧时山西商人之家,从小家风、家教很好,婆婆聪颖能干,外表温顺,内里十分要强。据她零碎讲起,她父亲看不上她母亲,在外做生意娶了一个洛阳女人。生母懦弱无能,在大家庭里没有地位,谁也不会听她说一句话,只有灶下烧火的份儿,所以她兄妹几个,在家里也是次等公民,都没有上学,而叔伯兄弟们,全都学业有成。她十二岁离开生母,跟随父亲和继母来到西安,继母一生未育,把她当成自己孩子看待,却不赞成女孩子读书,一句话决定了她的命运。她从小看到女人没有本事的可悲境遇,也曾亲眼看到生母给父亲跪下,只是为了让好不容易回家的人在她身边停留一刻。婆婆发誓要学些本事,不让人轻视。可那时代的女孩子,所谓本事,就是把针线活做好,饭菜弄好。长大后参加工作在黄河棉织厂当工人,一直在车间里干体力活。"要是能上个初中,也不至于一辈子当工人。"她一直羡慕有文化的人,爱着一切美好时新的事物。总认为自己没本事,这个家多亏有公务员丈夫的稳定收入。她却从没想过,她为这个家做出的奉献和牺牲更多、更大。生养四个孩子,上班挣钱,回家操持家务。大人小孩的衣服,全是她下班后蹬缝纫机做的。全家老少,不管穿再旧的衣服,都体面整洁。几个孙子辈也是她一手带大。我女儿小的时候,她要全天看护,还要接送琳琳上学放学,做全家人的饭,蒸馍、擀面,竟然还能抽出时间给我女儿做衣服做鞋,每天把家里收拾得干干净净。现在想想那应该是一个团队做的事情,却是她两只手操持出的。大家却从没有听到她说过一声累。我常常惊异她的身体里有多大能量。哥嫂一家,我们一家,他们老两口,八口人,住在老式楼房的三室一厅里。各有各的秉性、爱好,这个不吃这,那个不吃那,她都能记住,都能顾及。公公作为山西人不吃醋,我作为河南人不吃香油,并且我不吃酱油不吃韭菜,如果吃韭菜饺子就给我再挖出一块肉馅拌别的菜;天民哥不吃葱蒜;琳琳从小体弱,嘴刁得更是离谱,不但跟她爸一样不沾葱蒜,还不吃菜,你做了面条她要吃米饭,你做了米饭她要吃饺子,你包了饺子她要吃包子,你包了包子她只吃皮,反正从来没有吃饭香过。婆婆对这样的豌豆公主也没有喊过一声烦。我亲眼见过大家开饭了,琳琳对着面条说,吃米饭,婆婆立即站起身去厨房蒸上一小碗米饭给她吃。嫂子对我说,我就佩服咱妈能干,我从来没见过这种人。

一家八口这样住在一起,多年没有发生过矛盾,这不能不说是个奇迹,不能不说是婆婆的全心经营和非凡付出。一次见她坐在房间里写字台边椅子上不说话,手托脸颊,像在沉思,胸口起伏着。那是她心脏不舒服,或者有什么不畅快,看不惯我们年轻人,又不好说,自己在那里慢慢消化。

大的矛盾没有,可小别扭难免闹点,肚皮官司难免纠葛,记不清为什么了。总之有一次,晚饭时,两个儿子不在家,大家沉默吃饭,我和嫂子都不吃剩菜,婆婆一个人用一种很坚贞不屈的表情吃完了半盘子剩菜。公公只是嘴上说,不要吃了,剩菜不要吃,但也并不帮她解决。大家都无言,只有婆婆一个人,决绝地把筷子伸向那盘剩菜,好像她就是用这种方式告诉我们,为了这个家,为了大家表面上和和气气,她没有什么不能忍,没有什么不能牺牲。

好在那样的大家庭生活,对我来说只有四五年,孩子上幼儿园后,我们租房子搬了出来。对于小儿子的出走,婆婆很是伤心,在家哭了好久,给她女儿打电话,诉说心里的难过,在我面前却从不表露,还来帮我们搬家,添置东西。从那以后我们每隔一两星期回去一次,彼此还比从前亲热了。

或许所有癌症,都与生活习惯有关,与性格有关。家里吃剩饭剩菜的,永远是她,承受忍让的,始终是她。劳累,吃苦,操劳,受气,疼痛……仿佛对她来说,没有什么不能忍的。

我们一直认为,她身体很好,除了心脏有点问题外,再没有其他什么毛病。心脏病,她也扛了几十年。1984年燕姐结婚后生下儿子东东,夫妻俩都要上班,无人照管,还不到五十五岁的婆婆提前退休回家带娃。或许,多年来她都是撑着干活而已,其实她身体并没有那么好。

在住院前一天,她还在给我们做饭。

这些年,她也住过几回医院,一次是眼睛做青光眼手术,一次是肺炎。她一住院,大家都往医院跑,此时才体会到,她是这个家的中心,她赢得了我们的爱戴,女婿和媳妇,都把她当亲妈一般敬着爱着,因为她把我们当自己的孩子一样看待。公公更是全天候陪同,早上到病房,下午才离开。婆婆身边最少有三个人陪护。最多时候,十几个人围绕在床前,护士常常提抗议,你们家属来得太多了。这个时候,病床上的婆婆,颇有点撒娇的感觉,接受生活对她丰厚的回报。旁边的病友,会向她投来羡慕的目光。

好在燕姐已经退休,陪护母亲,办各种手续,全部是她在奔忙。她这个女儿，是最合心而得体的贴心小棉袄，并且继承了母亲的所有优点。我从来没有见过一个人有着非凡的耐心与韧性，能将另一个人伺候得那么无微不至。

或许公公认为，经过一段治疗，老伴就好了，出院了，他们又可以像从前一样，白天形影不离，晚上合盖一床被子。一个眼睛不好，一个耳朵不行，相互帮助，配合默契，好得就像一个人一样。相伴六十多年，生命中几乎所有，都已变成"我们的"。他还不知道，从此后身边再不会有那个忠实的身影了，病床上那个人，很快就再也没有力量站起来了，从此后这世上再没有人无限容纳他的自私、任性、怪脾气，把他的一切话当成真理，哪怕是错的，也得先按他的来。婆婆一贯的原则是，顺着他，他那么大年纪了，不能生气，气出个什么毛病怎么办，她却从不想自己也是七八十的人了。

公公一贯以自我为中心，不站在别人角度考虑问题，在家里一切他说了算，从今天中午吃什么饭、这个周末到哪里逛这样的小事，到家庭住房、子女就业这样的大事，都要按他的意见来，否则，否则，不，没有过否则，根本没有出现过不按他的意见来的情况。不能不说，婆婆跟着他，是受过一些气的。

那年春天，公公突然想粉刷房子，要换新家具。先让婆婆陪着，到家具市场看好了床和衣柜，然后催着女婿儿子，回家来给他粉刷新房，"我还能活几年？要享受生活呢嘛。"道理是对的，完全应该，可我们也都要上班，再说那老屋里东西太多，折腾一次非常麻烦。老年人都是爱旧物的,可他要把好好的床扔了,重买新的。小儿子劝他,享受生活有很多方法,比如吃得好,比如出去旅游,比如读书思考,反正,老年生活的丰富多彩不只是刷房子、换家具这一样,只要心胸宽,住哪里都是宽展的。燕姐劝他等等再说,这会儿大家都上班呢,没有整齐的几天时间忙这个事。他不等女儿说完,挂了电话,斥责他们不孝,"把你们辛苦养大,没花过你们一分钱,就这点小事,都不能帮我做了"。从此以不理人、不吃饭来抗议。家里就他二位老人,冷脸只给婆婆一人看,万般无奈,婆婆采用了她小时候亲眼所见的生母的办法,给他跪下,求他吃饭,求他别生气,求他理解孩子们的难处。最后公公妥协,暂时不刷房了,只买回新床新柜子了事。

我问丈夫,我就想不明白,你妈为什么总是让他,总是牺牲,难道她自己就不重要吗? 她就不是这家里的主人吗? 吵一架又能怎样? 违抗他又能如何? 丈夫叹口气,唉,传统文化呗,多年来习惯了。

每到过年,公公陶醉于家庭团聚,是他亲手绘制和谐美满家庭蓝图的时候,他要大展身手,里里外外指挥一切,房子怎么扫,对联怎么贴,吃哪些菜,每道菜怎么做,他要一步步指挥、监督。采购一大堆东西,让婆婆在厨房里,洗呀,做呀。我常常看到年近八旬的婆婆,备受岁月摧残的手,指头弯曲,还在没完没了地操持,心里不忍,对每年春节的做吃做喝很是反感。前年除夕,婆婆要贴超市里送的对联,公公坚决不让,"不贴不贴,农村人才贴那玩意儿,这对联不好,商家的广告"。婆婆拿着已经粘上透明胶带的对联,尴尬地站着,竟然不知该怎么办了。正在厨房的我挺身而出:"贴就让她贴嘛,过年呢,就让我妈高兴一回。"公公不再阻止,我帮婆婆一起,把对联贴在大门上。这个家里,也就只有我这个小儿媳妇敢这样对他说话。

要吃这吃那,要买这买那,一趟趟往家里买吃的东西,先后几天的准备,做一大桌子菜,逼着大家吃,吃,吃饱了再吃,好像吃成了人生头等大事。公公像孩子一般执拗和可笑,菜摆上桌,必须大家一起坐下来,厨房正忙的媳妇、闺女也得放下手里的活儿,来到饭桌前各就各位,一起举杯,开场,众星捧月围绕着他,说祝福的话,吃几口菜再接着去厨房忙碌。那一刻是他最开心的时候,小眼睛笑成了一条缝。我和嫂子背地里送他外号,指挥家。或许因为他童年时家境富裕,养成了一些对我们这样世代贫农的人来说很想不通的生活习性和做派,不管生活多艰难,住房多狭窄,人家半个多世纪来丝毫不降格地坚守着一套规矩。比如我认为,自己家里人吃饭,做好盛出来,吃到嘴里就行了,可人家不,要色香味俱全,要程序章法,要经多少道工序,要用啥器皿盛上。问题的矛盾在于,对于指挥者来说,就是动动嘴皮的事,桌上要是上了汤,就得每人拿个勺子;给汤里下几个鹌鹑蛋,就得煮了一个个剥开;客人吃完饭,热毛巾要及时递上来擦手……苦了我们具体干活的人。家里要是来了客人，他那些讲究、礼仪，更是大了去了。这是以我们几个在厨房里几小时站着干活站得脚底板疼，头晕眼花换来的，我和嫂子心里就不乐意。过年过节大家欢聚，亲戚也都一年没见了，我们却一头扎进厨房，忙几个小时，吃完饭收拾完坐下，客人也该走了，这年过得，有什么意思？除了吃，就是吃，现在是缺吃的年代吗？

　　那年腊月里，他老人家突然买回个砂锅，要过年时用它来熬一款汤，用砂锅盛上桌。来客那天，不巧嫂子有事不在家，婆婆帮我做好准备工作，我让她换上新衣服到客厅去陪她娘家侄子说话，基本上我一个人忙活。厨房里摆得场面宏大，我恨不得生出六只手应付七碟子八碗，根本没有心情用那砂锅凑趣，就在炒菜锅里把汤做好，用一只大碗端上了桌。公公脸色一沉，没说什么。晚上客人走后，公公总结今天的家宴，耿耿于怀没有用砂锅上汤，不便于点名批评我，只在餐厅那里拿婆婆出气，怪婆婆没有把好关，没有盯着让我用砂锅，只图省事，缺少规矩，弄个大碗端上来，像什么样子！我听到婆婆在那里小声劝他拦他不要再说，而他不依不饶，继续抱怨。我不忍叫婆婆受气，挑门帘走出去，叫声爸，赔了笑脸说，是我不好是我不对，一忙就乱了，没顾上用那个砂锅熬汤，对不起，我错了，跟我妈没关系，明年，一定，保证，用砂锅做汤，大过年的，您别为这小事生气了。直说得他小小的眼睛里有了笑意，呵呵笑两声，摆摆手，事情这才罢休。类似于这样的事

98

情，还有很多。家里就剩他俩时，婆婆常给公公讲道理，现在生活好了，平时都吃得很好，年轻人不愿意过年这样受累做饭，咱也就紧跟着形势吧。

这样好言细语讲的时候，公公似乎也能接受，可一到过年过节，好像又不由他了，还是非得按他那一套来。盘盘碗碗，一个都不能少，荤荤素素，一个也不能乱。好像不只是为了吃饭，而是坚持他的某种信仰和理念。我们为了叫婆婆事后少受点数落，也都尽量按他来。在这个过程中，我也慢慢体会出，"孝顺"二字的含义，"顺"是前提，你给一个八十多岁的倔老头讲道理，有什么用？他已经形成的思维定式，坚守了八十多年的道理，还能改过来吗？我用四个字总结出了对付公公的办法：阳奉阴违，以哄高兴为原则，不对他老人家说个"不"字。至于落实嘛，见机行事，偷工减料。

现在公婆和大家在我们这里过年，那就我说了算，初一到饭店吃饭。告诉公公，今年的团圆饭，您不用操心了。

大家争着晚上陪护，最后婆婆对丈夫说，都不要争，排好班，夜里最多留两个人。

除夕这天，全家人为了迎接她回家，做着各种各样的准备。哥嫂中午就过来了。

燕姐在医院办好出院手续，吊针两点多打完，丈夫开车将她们从医院接出，直接到中医院那里，让约好的老中医号脉开药。

99

我到花店买了一大把花,回到家中分成两束,客厅里一束,婆婆住的大房间一束。哥嫂和好面,盘好饺子馅,只等下午包了。我把药锅找出来,洗干净,放在灶台上。

下午五点多,听到门响。我赶忙到门口,见婆婆被燕姐和丈夫搀着进来,我蹲下来为她换鞋子。再没有平时回到家的爽朗笑声,清脆的说话声,轻快的脚步。她完全变了一个人,沉默温顺地任由我将鞋脱下来,把拖鞋套到脚上,燕姐扶着,走到沙发那里,躺下来。从此的十天,那就是她白天栖息的地方。

讲究还多,姑娘除夕不能在娘家待,燕姐安顿好婆婆,很快走了。

除夕之夜,婆婆已经不能吃饺子了,但她还撑着坐在桌子前,跟大家一起完成了团圆饭的局面。公公又是像往年一样,要大家坐好,举杯,祝福。他不知道,这将是最后一个团圆的除夕。之后我负责给婆婆洗澡。

婆婆已经非常虚弱,腰身无法直起,坐在小凳子上,身体歪斜着靠在我腿上。我一手拿喷头,一手给她全身搓洗。乳房已经成为两个小小的空布袋,贴在显出一根根骨头的前胸,肚皮向下的地方,就像有一层衣服褪下,松松堆在那里。一位母亲,已经变作荒凉干涸的土地。

然后她来到客厅,靠在沙发上,看了一会儿联欢晚会,就躺了下来,闭上眼睛。不知这时她还能否记起,往年的春晚,她一边看,一边自己在旁边扭一扭,跳一跳,叹口气,"唉,下一辈子,我一定也要上去跳一跳。"她丝毫不掩饰对电视里那些正在风光地跳舞唱歌的人的羡慕。没有文化的婆婆,电视就是她接触世界的窗口。新闻联播里,一有国家领导人带着夫人出访,她不管正在厨房里忙什么,都会轻快地跑过来,沾着面或者水的两手托掌着,睁大眼,龇着牙,看领导人的夫人,品评赞叹一番,眼里闪着明亮的光彩。

几个人站在沙发后面,趴在靠背上,看着她,跟她说话。只要她躺在沙发上,这里便趴着几个人,恰似一条绳上穿着的几个蚂蚱。给她揉肩,用手指给她梳头。

每年初六,大学同学和老师聚会,今年轮到我家。腊月里她就跟公公说,初六郭老师和同学们来,咱们到其他地方去。

大哥从老家来了。晚上跟公婆一起睡在那张大床上。我们三人又挤在这边床上。

我也曾想过,取消初六的聚会,临时改在别人家,却又想,我们的师生聚会,坚持了十八年,从最早四个新媳妇,四个孕妇,到抱着孩子,领着孩子,到现在求着青春期的孩子,跟我们一起去郭奶奶家吧。之前是四个一家三口,后来相继有同学加入进来,队伍不断扩大,将近二十人。先是年年去老师家里,后来考虑她年龄大招待我们太累,近几年就改为换个儿到同学家里,去年就已说好,今年来我家。

婆婆初四那天坐车出去转了一会儿,回来更加虚弱,初六又下大雪,叫她们出外,已经不现实,取消聚会,我又开不了口。

初六早上,照顾她喝了拌汤,喝了药,我问:"妈,今天他们来,你嫌吵不嫌,愿不愿见一下?如果不愿,我就把你房门关着,不让他们进来。"

她说:"到时我出去一下,给郭老师打个招呼。"

下午三点,客人陆续到来,每进来一拨人,大呼小叫,相互问好拜年,我心惊肉跳,巴望着大卧室的门能完全隔音。突然想起诗圣的"感时花溅泪,恨别鸟惊心",一定是有切身体验,切肤之痛,现如今这过年的欢喜场面,却像小刀在割我的心。同学们叽叽喳喳看我家房子。一个跑销售的同学,是个能人,大肆点评我家装修,指出客厅与房间交会处那里摆设不好,不该做镂空隔断,不该放方形花架。一个做生意的同学也说,是的,这种摆法不好,此处应该放圆形鱼缸或半圆器皿,方形的太冲撞,会对家人不利。我心里咯噔一下,阴沉下来,好像祸端由此而起。大家坐定后,我不得不小声提醒他们,家中老人这两天身体不舒服,在房间休息,请大家小点声音说话。可是,近二十个人的大客厅,还有几个孩子,怎能压得住过年的欢乐,也不好一次次让大家扫兴。我趁大家不备,开开房门进去问婆婆,郭老师已经来了,要不要出去打招呼。婆婆艰难地坐起身,我拿梳子给她梳了梳头,拿毛巾给她擦了擦脸,扶着她,从卧室出来,她虚弱的身体出现在喧闹的人群中。不巧郭老师刚接电话,拿着手机到阳台上去说话。婆婆退回两步,坐在书房门口的椅子上,低垂着头,像一片树叶,随着呼吸身体轻轻飘浮。她是否记起往日春节里,那个打扮一新的白发老太太,满头刚烫的新卷,爽朗而开心,我说要照相,妈你戴上丝巾吧。她回屋里戴上十几块钱的假珍珠项链,围好丝巾,微微拐着短短的腿,融合着模特步和秧歌步走出来,"漂亮不漂亮,来,照吧。"配合地摆各种动作。郭老师在接受另外学生的拜年,爽朗的笑声从阳台上飘来,其实我已经不想让两人见面了,很想将婆婆扶回房间去,让她安心休息。郭老师终于接完电话,回到客厅,我扶婆婆起身,挪出一步,郭老师快速走过来。"老姊妹,你好啊。看看你的儿子、媳妇多好,你多有福啊。""是你教育得好。"婆婆强撑着说。郭老师倾过身子,发出她那特有的笑声,"哈哈哈哈……"张开那健康的身子拥抱她,婆婆合乎礼节地配合,我看到她的脸在郭老师肩上,努力想笑,却现出无限酸楚,深深的悲凉。我差点掉下眼泪,把她从郭老师怀里揽过来,搀回房间,觉得万分对不住她,用这么多健康欢乐的人来刺激她。我扶她在床上躺好,把烧水壶拿进来,给他们三人的杯子里倒了水,又关上门出来,忍着心焦应付场面。

　　四点多,丈夫把习老师接来了。习老师是我在年前偶然联系到的,我说了我们每年初六的聚会,也请她来参加,丈夫会在初六下午三点半左右,开车到她家楼下接她,让十多年不见的习老师突然出现,给大家一个惊喜。刚才丈夫与大家打个照面后,就走了,人多乱哄哄的,也没人注意到他不见了。

门打开,丈夫说:"贵客驾到。"一个身影,几乎是轻轻在门口跳了一下,进来了。毕业后几乎再没有见过的习老师,一点也不像个八十二岁的老人,仿佛她这些年来,没有什么变化,知识分子的生活方式使她优雅、灵巧,丝毫没有老年人的迟钝。可此刻这对我来说,又是一个不良刺激。我决定,关严大卧室的门,不使她们相互知道对方的存在。

我不安地看表,四点半了。再撑一会儿,就让大家起身到饭店去,在那里畅快聊天。

不想习老师却说:"哎呀你家房子真大,装修得这么好,我能参观一下吗?"我陪着她一个个房间看过去,在大卧室门外,我说,为民的妈妈这几天不舒服,在休息。我打开门,和习老师走进去,她先给坐在窗前的公公和大哥打了招呼:"真不好意思,打扰你们了。"她走向床边。婆婆躺在床上,显得愈加瘦小,艰难地从那张铺着粉红花朵的华丽大床上坐起身子。习老师跟她握了手,再次致歉打扰。我说:"妈,习老师八十二了。""哎哟,看你的面目,一点都不像。"婆婆弯曲着右手的食指,努力笑着,像小孩学说话般缓慢指着习老师的脸,但那笑容,仍然叫我想落泪,我赶忙带着习老师出去,为他们关上门。

我催促丈夫,招呼大家起身去饭店吧。

让大家先走,我和女儿最后出门。

我来到婆婆床边,蹲在床前,心怀歉意,我抚摸她的肩膀、胳膊、手。她虚弱地躺在床上,像是没有了一点重量,干枯的手,搁在粉红花朵上。我突然想起那幅著名的摄影作品《手——乌干达旱灾的恶果》。

饭桌上,习老师得体地陈述了与我们重逢的喜悦心情,说看到我们工作顺利家庭幸福她很高兴,而她和郭老师,"我们的生命,已经进入倒计时了。"她乐观地说。啊,家里床上躺着的那个人,她才是倒计时呢,以天算,以小时算。

我心烦意乱,吃得很少,操心着招呼大家,最后埋单。本来跟习老师说好,饭后我和丈夫一起开车送她回家,现在有个同学说,她顺路可送,我马上顺水推舟。当车上只有我们一家三口的时候,我开始流泪,几乎是归心似箭,想立即回家,奔到床前。下车往家走的时候,我给丈夫女儿陈述了我下午的心情,"我和习老师进去,她已经瘦成那样了,从床上撑着坐起来。"我终于大哭起来。从电梯镜子里看到自己双眼通红,泪水横流。出电梯,我在门口站了好一会儿,擦干了泪水,平静一下心情,才进家门。

一屋子人。在门口远远看到沙发靠背上趴了三四个,知道婆婆在那儿躺着。我问厨房门口的燕姐:"她吃了吗?""喝了一点稀米汤。""药喝了吗?""等会儿喝。"我俩泪眼相望,再没有别的话。

过了会儿,扶她到房间休息。

大家也都不愿离去,客厅、房间,到处都是人,不断地来到婆婆床边跟她说话,或者看看她躺在那里的样子。她的小儿子一直坐在床边,握住她的手,她的另一只手摊开在粉红色床单上,和一只丰硕的花朵形成鲜明对比。"我恐怕,回不到龙首村了。"她给小儿子说。

我说:"我不想让你回。第一,那儿没暖气,不行;第二,你来时好好的,突然这样子回去,别人怎么看?病治好了再回,啊。"

她点点头。我知道她心里,也是不愿意回去的。生性要强的她,出现在人前,总是干净利落,她一定不愿意让院子里的老伙伴们知道她现在的状况。

丈夫在网上查到苦瓜防癌、杏仁防癌,立即去超市买了苦瓜,买了榨汁机,榨了让她喝,还让婆婆每天喝点杏仁露。我们当然也知,这样做已经没有任何用了,并且喝进去的,总要吐出来,整个人已经上下不通了。那晚我照顾她吐完,漱口,她无力地坐在马桶上,"也给我查不出到底是啥病,就叫我这样稀里糊涂走了吗?"

其实,我有几次想明确地告诉她。假如她到了那个世界上,那里的机构要询问每人病况,因何而来,让她怎么说呢?可又觉得自己没有这个权利,应该由她的儿子或者女儿告诉她。

公公每天催促,要尽快把她再送医院,每次我们都说,好,就送,但总也不见行动,公公着急,说话就有些生气,那意思是,这都上班几天了,病这么重,吃不下饭,为啥不送医院呢,你们安的啥心?

燕姐跟我们商量,得告诉他了。公公耳背,平日跟他说话,要扯开嗓子大声喊叫。用这种方式显然不适合说病情,我让丈夫大概写到纸上,再辅以检查结果,拿给他看。

一会儿,公公悲怆地去到房间,俯在床边跟婆婆说话,我对不起你,没有把你照顾好。一周前的一天早上,他还俯在床前说,你病好后,我再也不打牌了,天天在家陪着你,跟你一起学画画。

不论我们说什么,婆婆只是点头,答应,出奇地温顺。

每天要吐几回,滴水不能进了,看来已经到了打营养针维持的地步。初十上午,又将她送进医院。

晚上,公公坐在沙发上,说着他和婆婆的故事,"她开始不愿意,嫌我长得不好,我说,我模样虽然不好,可心是好的。"对于六十多年前的事,好多细节,他记得非常清楚,说着说着,不再用"你妈"这个词,而是换成了"瑞云",他小小的眼睛里,含着泪花。他那一晚上给我说的话,超过之前十几年的。

医生说现在有一个办法可试一试,就是给胃里埋进个管子通一通,或许食物能够下去,费用一万六千元。其实,医生明知这样也没用的,况且婆婆心脏不好,极有可能管子还没下去,人就不行了。可是只打营养针,医院不挣钱,提出过让我们出院,到家里附近找个小医院打针。

也不知医生出于什么目的,查房时当着婆婆的面说了手术的事,也说了意外风险。按说这些话是不能当着病人面说的。婆婆一听,明确表示她要做手术。给燕姐说,再为我花一万六吧,医保给报的,好了就好了,不好,让我一次了结算了。

我们也只好同意手术,开车将她接回家。都知道,这将是最后一次给她洗澡。当燕姐帮她脱掉衣服时,婆婆身体瘦得吓人,枯黄的一层皮搭在清晰可见的骨架上,头已经无力抬起。让她坐在椅子上,脚上套了塑料袋(脚面上埋了针头),封口那里用皮筋绷好,架起搭在马桶盖上。一人拿喷头,一人用手轻轻搓洗。喷头走在哪里,手跟在哪里,手去了哪里,喷头朝向哪里,我和燕姐配合得如此默契,轻轻地,缓缓地,不给她左脚溅上水。婆婆只是靠着椅背,大口呼吸,胸前可怕地起伏着。只一会儿,她说闷得慌。这是一个爱洁净的女人今生最后一次洗澡了,我超越冒犯,为她冲洗干净。多年前那个结实的身板,白皙光亮的后背,短短的、有力的脖颈,哪里去了? 一个健壮有力的人,已被无情的时光带走。我让燕姐把喷头对着前面,我从婆婆肩膀上面弯下腰去,用手指轻轻分开她那母性领地,这是我对一个母亲最后的致敬,把一位养育出一个大家庭的母亲的身体,最后一次清洗干净。

十多分钟的洗浴让她体力大减，已经没有力量走路，几个人将她连拖带抱送到卧室床上。

燕姐躺在她身边，大哥睡在客厅沙发上。这是婆婆在家里的最后一夜。

六点多，听到大房间有动静，灯也亮着，我赶忙穿衣起床，走过去。燕姐说，一夜没睡好，一直出汗。我摸摸她的胳膊，已经被汗水裹得发黏。我们决定打120申请医院的救护车。我却还想让她衣服脱了，用湿毛巾给她再擦一遍身上。公公说，不行了，她已经支撑不住。胃里难受，想吐，却坐不起来。

救护车来了，将她送回医院。

身体情况已经不允许做手术了。

只有打针。只有等待。

十几天没有进食，越来越没有力气，坐起来都困难，躺着又难受，燕姐把她抱在怀里，每天下午坐起来一会儿。

老衣包好放在病房的衣柜里，随时准备拿出来穿。那是她六十岁后就开始给自己和公公两个人做的，单的棉的，一件件做得非常讲究、细致。

中午，公公没有休息的地方，就坐在走廊尽头的椅子上睡一会儿。燕姐去医生办公室问个事，我一个人坐在婆婆身边。

"癌。"她说，抬起手，拍了下自己的胸口。

"你知道了？我姐给你说了？"我问。

"知道。"

在心里想好的话,是说的时候了。我曾经听到一个词,叫临终关怀,不知具体关怀什么,以我的理解,就是陪伴,说话,平复心中的恐惧。我拉起她的手,轻轻抚摸青紫色肿起的手背,那是前几天扎针,没扎对地方,跑针了,致使手背像个大面包,用土豆片贴了两天,肿消了点,紫还没有退。

"妈,你这一生,其实,挺好的,苦也吃过,福也享过。生养几个孩子,把他们教育得很好。跟我爸,也一直挺好,算是恩爱一辈子。这几年,你信佛念经,保佑咱们家人。"

"嗯,知足。"

"你看,琳琳的工作、婚姻都挺好,我们的事业,也好。"

"嗯,都好。"

"咱们家,和睦,团结,院子里人都羡慕。这,都是你修来的。"

"都好,女婿好,媳妇好。知足。"

我将她冰凉的手拿起来,贴在我的脸上,此时才明白,电影里的此类镜头,不是生硬的造型,而是真情流露。大家对绝症,束手无策,所能做的,就是来到她床前,拿起她的手,握在自己手里,贴在自己脸上。她任由我们每个人,走上前来,握住她的手,抚摸她的脸。

这些天里,燕姐天天守着,想必两人已经说过很多,这将要离去的人,把所有事都交代好,连她自己买好的孝布,买好的老盆放在哪里，都细细告诉了女儿。燕姐小时候，她工作忙，下班回来，又累又烦，因小小错误，打过一次，骂过几回，这些年来她已经说了多遍，想必这几天，更是没少表示歉意。她去世后，燕姐又动情地怀念起小时候挨打挨骂的细节。

　　白天黑夜，穿着毛背心、毛衣，怕来回打针掀被子着凉，脱穿不便。那天回家洗澡后，她不愿穿紧领口的棉毛衫，我找出我的低领棉毛衫给她穿上，现在脖子那里毛衣领子挨着，一定很扎，不舒服。我说好晚上丈夫到医院时，把我的一件棉质绒衣，拿来给她换上。

　　我正洗碗，丈夫急急走了。他每天像小鸟急着飞向老鸟身边一样，下了班吃过饭就奔去医院，守在妈妈身边。等我洗了碗想起绒衣的事，他已经出门十多分钟了，就没有叫他回来再取。明天早上我送去医院也行。

　　深夜丈夫被婆婆赶回家睡觉。第二天早上我们给公公说，医院中午也没有休息地方，上午就在家吧。公公答应。我和丈夫开车，带着绒衣去医院。

　　快到医院时，接到姐夫电话，让快来，情况不好。

　　跑进病房，看到医生已经开始又一轮抢救。胳膊上、脚上扎了三个针头，右胳膊毛衣袖子撸起老高，粗大的针头已经扎进去，裹了好长一段透明胶带。晚来几分钟，没有能够为她换上我的绒

111

衣。手指头、脚指头发紫,医生说是缺氧的表现。

天民哥在走廊里,给琳琳打了电话,一会儿得到消息,已经买好中午广州飞回的机票。

右胳膊那里,透明胶带和毛衣袖子之间,一段胳膊肿得老粗老粗,明晃晃发亮。叫来护士,说是药水进不去。针打不成,拔了下来。在脚上、左胳膊上另找地方扎针,都失败了。

快中午时来个医生,建议我们用一种大腿根那里埋针头的方法,血管大动脉注射,能让药水尽快进入体内。医保不报,两千多块钱。丈夫回去接公公来医院,接我女儿,用中午放学时间到医院与奶奶最后见一面。关于大动脉注射,燕姐和大哥拿不定主意。我和医生在走廊里有了一段对话。

"现在不考虑钱的问题,我只问,扎这个针的意义和目的是什么?"

"为了让药水能进到体内。"

"进到体内有什么用呢?"

"就是,为了进到体内,现在她其他地方都打不进去针了。"

"打进去针,还有什么用吗?"

"打进去针,是我们抢救的一个步骤。"

"打这个针,病人会不会难受?"

"会有……会有那么一点难受。"

我走到一边,给燕姐和大哥说:"我的意见是,这个针不打,医

112

生说会有一点难受,那就一定是很难受。再说,现在打什么针都没用了,咱们应该让她少受一点罪。"作为儿媳妇,我只能做到这样表态,如果病床上躺的那个人,是我亲妈,我会拔掉她身上所有针管,把她接回家中,给她再洗最后一次澡,让她躺在自家床上,我和她一起躺下来,安静地死在我的怀里。

丈夫把公公和女儿接来了,公公、女儿,我们仨到床前站着。我走出门外,看到原来那个医生和丈夫站在一起,手里托着单子,让丈夫在上面签字。我走上前去,他已经签下他的名字。

"你怎么就签了这个字,我们刚才考虑来去,都不愿做的。"

"要做要做,为什么不做?错过了一次又一次机会,不能再错了。"他很激动的样子,甩着胳膊,阻止我说话。他几乎丧失了理智,把笔往单子上一扔,回房间叫出女儿,送她到学校去。

医生和护士一起,到病房里,给婆婆的大腿根做切口,埋进针管。

粗大的针头一扎上,无异于给虚弱的病人上了刑罚,百爪挠心,她开始不停地翻动身子,好像另一个人附体在她的身上,焦躁不安。受难的母亲,在生命边缘苦苦挣扎,痛苦万分,刚转到左侧,又要往右侧转,右侧不到一分钟,还是难受,手张着,向左侧扑去。

一群人围在床边,没有任何办法。燕姐蹲下来,脸和她的脸一般高低,哄孩子一样,轻抚她后背。天民哥走过来,对她说,琳琳已经下飞机,坐上大巴了。医生专门叮嘱,大腿不能弯曲,因为那里埋着粗大针管。右腿那里,专门站个人按着,她稍微想蜷一下,按住不许动。这样感觉,真是油锅里一般,生不如死。说话渐渐不清晰了,一次次手抓床边的栏杆,想坐起身,挣起来一次,我们把她按下,又起来一次,再按下。我给燕姐说,叫医生吧,拔了那个针吧,她想怎样动,就让她动吧,她想坐起,就让她坐起吧。听我这样说,燕姐面有难色。医生进来说,你们不要围那么严,抢她的空气,她已经缺氧厉害。可我们怎么能离开呢?所有人都恨不得贴近她,再贴近她,恨不得把她抱在怀里,搂在胸前。她突然使劲,拽住我们的手,用尽全身的力气,要坐起来,眼里闪着祈求的、散乱的、绝望的光,看着我的眼睛。无数双手又将她按着躺下来。事后想来,我们特别后悔,她此生最后一个小小的愿望,坐起来一下,都没有实现。她躺在那里,嘴里呜噜呜噜说话,已经听不清了,可她不停地说,执着地说。我们便一句句猜测,猜对了重复给她听,她说声嗯,猜不对,她继续说,一遍,又一遍。

琳琳扑进病房,人还没走到床前,眼泪先落下来,床边又挤进一个人,我们更加密不透风地围着她。

她发出四个音节,重复几次,我们都猜不准,她一遍一遍地说,脸上越发焦急痛苦。东东突然悟出:"让小为来?"

"嗯嗯。"

我丈夫赶忙从床头移到她身边来。

114

呜噜呜噜呜噜呜噜……更长的音节,更复杂的意思,一遍又一遍。大家面面相觑,无人能猜懂。

她艰难地举起扎了针头的左手,指着自己嗓子眼,"咳咳咳。"

我突然明白了:"噢,你是说,天冷了要他多穿衣服,不要再每年冬天咳嗽?"

"嗯嗯。"

病房里哭声一片。

说完最后的叮嘱,病床上的母亲不再说话,没有力气挣扎,也不再奢望坐起,只静静躺着,等待那个时刻的到来。眼边溢出黄色液体,我用卫生纸揾她的眼睛,是鲜亮的黄色。

嗓子眼里呼噜呼噜的声音,像是痰声,又不太像,越来越紧密,越来越清晰,陌生而浩大的声音,像是泉眼即将冒出。我说,要吐痰了,来拿纸接着。扯了几张餐巾纸递过去,燕姐拿过纸,放她嘴下边。

"呀,血!"她惊呼。

黑色的血水,从嘴里一股一股地涌出,一团一团的纸递过去,毛巾递过去,内衣递过去,手里抓到什么,就递过去,很快都被血浸透。有人跑去叫医生。大势已去的气氛迅速占领病房。

进来一群医生,让家属全部出去,他们要实施抢救。

十几个人,散布在走廊里,每人固守一个位置,面墙而泣。

走廊里远远站着病人和家属,他们已经用一种低微的、神秘的方式,迅速传递一个消息,十四床那个老太太,不行了。人们站在各自的病房门口,远远的,默默的,用目光,用脚步,用一种悄悄的方式尽可能接近这个病房门口,谁都不说话,放慢了呼吸,陷入某种对生命的沉思和眼见为实的真切之中。

无论怎么做,亲人们总是自责和懊悔。摆在我们面前的现实是,任何一个人,都无法承担亲人有病而不去看,不给治疗,不做抢救的后果,虽然明知治疗、抢救带来的是更加痛苦,千疮百孔,人财两空。但比之不给治疗的懊悔,宁愿承担治坏了的结果。

一个人临终之时,应该是亲人围绕身边,抚慰,道别,可现在,家属不得近前,医生用各种器械对那微弱至极的肉体进行更为惨烈的撕扯和折磨。她惧怕吗?她绝望吗?她在向那个深渊般的黑洞里下坠时,张开双手,举起来,身边有人伸出手,握住她吗?

我走到门口,看到医生围着床站成半圆,知道他们结束了战斗。

生命,从一个躯体上撤离了。就像所有战场的撤离,场面一片狼藉,悲怆。她躺在那里,头歪向一边,双手撒开。再也没有了痛苦,彻底获得了解脱。她用一种轻松和温顺的姿势,交付了自己。光着下身,细瘦的双腿,微微蜷曲,大腿根那里,不知谁的手,按压着几个棉签棒。上衣被高高掀起至胸前,上面还吸附着连接心脏监护仪的小塑片。这个肉体,从出生到离去,从年幼到盛年,走向衰老,从健康走到病痛,走向人生终点,曾经承载各种忧欢……这身体承载八十春秋的记忆，而现在，所有一切，从这个躯体上离去了。去了哪里呢？只留下床上这个不足八十斤的肉体。床边地上，扔着一团团带黑血的卫生纸、布片、毛巾，一次性医疗用品的包装袋，被纷乱的脚踩踏。所有战争的场面，无非都是这样吧，以伤亡告终。

嫂子准备温水，给她擦洗身子。我伸出双手，捧住她的脸，还微微温热。将她的头放正，轻轻叫声妈，给你擦干净，换衣服。觉得她还会答应，似乎还听到她嗓子眼呼噜呼噜的声音。两个护士还在床边，拔下贴在逝者胸前的一根管子，抱着仪器，走了。交代我们，一定要把大腿上的伤口再压一会儿，因为还在出血。接下来一个小时，我们都在对付那个不断往外冒血的小洞。我换过燕姐，用手按在那里，脑子一片凌乱，也不知过去了多长时间。男人都出去了，剩下四个女人。燕姐用剪刀剪开她的毛衣、毛背心、秋衣，嘴里说，妈，对不起了，得把你衣服剪了。四人一直在跟她说话，安慰她，告诉她，给你擦干净，给你穿衣服，你不再受罪了，不再疼痛了，你解脱了。

我试着把手松开，血呼地一下，又冒出来。叫来护士，问怎么办。护士拿来手术绷带和纱布，盖上厚厚一层纱布，用绷带交叉贴上。穿衣服的时候，扶她坐起来，那里血又冒出，迅速渗透了纱布和绷带。

医生让去买两袋盐压在那里。我出了医院门，在刚黑下来的夜里,沿小街上小卖部一个个问,一家家找,买了两袋盐回来,压在她大腿根,还是不管用,血不停地渗出来,似乎全身的血都从这里向外冒,刚穿上的老衣裤子被血染透。大腿根那里垫了卫生纸、卫生巾,甚至一次性纸尿裤,直到把她送进太平间,寄希望冰冻能让血不再冒出。

　　再见到婆婆,是在殡仪馆。这里每天人群熙攘,业务繁忙,世上的人不分老幼与贵贱,被命运召唤着,前仆后继到来,从此处变成另一种物质。婆婆只是个纺织工人,在最小、最简单的告别厅。一上午十几个逝者,叫号排队,每人只有二十分钟告别时间。她躺在那里,完全陌生,似乎是另一个人。简短的告别仪式,由我们从没见过,对方也甚至没有见过婆婆的单位里一个干部主持,念着从她档案里抄下的履历,总结着她的生平。最后送别时候,规定只能进到后厅四个亲属,整理衣妆,可我们拥进去了七八个。把大腿根那里带血的那些东西拿掉。我给她戴好纱巾,最后用双手捧住她冰凉的脸,默默告别。

　　工作人员说,好了,现在,所有人转身,向前走,不要回头。两个工作人员推她进最后一道关口。我们走完长长的走廊,拐一个弯,从旁边走出,来到院子里。从此,阴阳两茫茫,再也无法相见。身边大烟囱好几个,都在轰轰烈烈冒烟。每一个至亲至爱的人,不可替代之人,在这里只是一个编号,一个程序。

118

是的，我的婆婆，她只是一个普通得不能再普通的人，她只是按部就班，走完她平凡而充实的一生。置身这里四处弥漫的烟气，专人引导的、拿分钟来计价、收费的一切程式，我那亲情的笔调，主观的书写，似乎徘徊不前，找不到一个合适的轨道。

燕姐说，有一次，电视上在讨论什么是幸福。婆婆说，我觉得，我就挺幸福的，孩子都好，找的女婿也好，娶的媳妇也好，我就是世上最幸福的人。

2014年3月

五楼老汉

六年半之前,刚搬来时,五楼的老汉逢人便说:八十五咧!说这话时,他很自豪,用手比一个八字,满面笑容,阳光灿烂。他耳聪目明,见人主动打招呼,笑容单纯,好像他是从儿童期直接走到了老年,没有经历复杂的中年似的。

他每天出门走路,大雪天也不例外。

他对电梯的事情,好像始终搞不明白,弄不清该按上还是按下,导致我们常常正上升时,停在五楼,门打开,他天真地问,上还是下,告诉他上,他友好地摆摆手,让我们上,有时候,他就走进来,陪着我们一起上,等住得最高那个人到达,他再下一楼,反正他有的是时间。在电梯里看看这个,瞅瞅那个,挂着他单纯的笑,那种盯着人看的样子,即使是盯着年轻女性,也并不让人反感。有时候,老人与儿童有相似之处,他们对眼前世界抱有懵懂的好奇。有时电梯在五楼停下打开,他并不在外面,或者你进到电梯里,见五楼小圆点竟然亮着,他老人家不知在哪儿,次数多了,人们不免对他没有耐心,一见到电梯停在五楼,就有人会说,又是五楼那老汉,讨厌得很。

他好像每天都出门好几次,遇到他的几率很高,有时候在电梯里,有话没话,相互说几句。初夏的一天,我说,天热了。他说,是啊,热了,我都穿单衫子了。完全掀起他的衣服,露出肚皮、胸膛、肋骨,那一刻像个孩子。一个青壮年男人,绝对不会这样做的。人的一生是一个圆,刚来这个世上,生活不能自理,脑子不够用,要人管吃管喝日夜伺候才能活下去,一天天成长,各种机能健全、到位,三四十岁,达到顶峰,走下坡路,然后慢慢衰老,七老八十,曾经的本领一项项丢弃,各种功能一点点退化,世界将他给你的一切慢慢收回,直到生活不能自理,脑子不够用,要人管吃管喝日夜伺候,一切回到婴儿状态,然后离去。

他常常将捡到的一些纸盒子、饮料瓶拿回家,过一段时间,用买菜的小车拉着,小绳仔细地绑好,到西边一条街上卖掉,好像这是一件挺重大的事情。有时候运气好,捡着好几个大纸箱,在电梯里占地方,有人就不高兴,大声说他,人家扔下去的,你再拿上来,真是的!他装作听不见,不理。小区是文化单位家属楼,来往进出大多知识分子,很是有几位体面的老汉,或戴礼帽,或搭围巾,或拄个拐棍,很有风度地出行,有一位老人,皮肤很白,衣着一尘不染,夏天的礼帽上竟然镶了一片看起来很贵重的不知什么鸟的羽毛，这显得他来历不凡。五楼老汉我行我素，不跟他们玩，也不管别人对他的议论和批评。有一次在等电梯的人群中，我听到一个人与五楼老汉争论，你哪有八十九岁，你哪年生的？老汉说了年代，那人说，那才八十七呀。老汉说，虚岁嘛，虚岁八十九。那人说，虚一岁就行了嘛，你还虚两岁？老汉开心地笑了，被人拆穿了的感觉。人年轻时总想把年龄改小，老了都要往大里说，显得自己长寿，听起来好听。婆婆去世那年实际年龄八十一岁，可当年招工时，年龄改小了两岁，所以单位写的悼词里，"享年七十九岁"。老家来的人不干，硬要改回去，于是追悼会上念出"享年八十一岁"，这才行。

　　小区门口不时有白纸贴出，讣告一个人的离世。我不是这个单位的人，那些名字一律都不认识，只注意看最后一句话，享年多少岁。看到七十九的，不由惋惜一下，再加把劲，跨过八十多好，功德圆满。看到五十多的，心里哎哟一声，为一个人英年早逝而痛惜。院子里的老人，常常爱站在那张白纸前，看一看，说一说，叹一叹。五楼老汉也看，但他并不与人过多交谈，他跟那些知识分子，没话可说，他沉浸在自己一个退休老工人的世界里，他走在路上，看看阳光，看看大树，看看路边的小狗，对着一个迎面而过的人，绽开慈祥而纯真的笑脸，他不管认不认识，只要目光相遇，就向人家友好地笑。是不是年老的人都这样，他们不是冲哪一个人笑，是在冲这个很快就要彻底拜拜了的世界微笑。见到一件新

122

奇的事,看到两人吵架,他站在路边安静地看,好像那些人是为了排除他的寂寞而专门表演的,直到他们各自离去,他才迈步走自己的路。

岁月不停顿地向前走,一个又一个春天来临,眼见得五楼老汉的脚步,不如从前利索了。腰,一点点弯下去,腿,成为两道弓。夏天穿着短裤,露着两条细细的、红红的、再也伸不直了的腿,上面爬满了蚯蚓般的血管。两条细腿支撑着他,仍然每天下楼走路。见面时,不像从前那样,灵敏地笑了,而是有些迟疑,要认一会儿,才能认出对面走来的熟人。人们也都不再跟他打招呼,也不再像从前那样,出入单元拉住门等他,因为他实在走得慢,他在五步远的地方挥挥手说,你走你走。去年,秋风大作的下午,我在小区门外看到他,在风中摇晃身体,好像风再大点,就会把他吹跑。他掀起自己的衣襟,努力寻找挂在腰里的钥匙串,要拿出门禁卡,在大门外那个黑方块上“哗儿”照一下,等待大门打开。这对他是个挺艰难的事。我跨上一步,自己“哗儿”一下,进入大门,他还站在那里摸钥匙,反应不过来,大门已开,他其实不用掏了。

腰越来越弓,步伐越来越慢,身体变得轻飘飘的,但他仍然坚持每天走路,回来的时候,离大门老远,就弓身停下,寻找自己腰间的钥匙串,好像这是一个小小的难题,此处应该有配音:咦,你这不听话的钥匙,藏到哪儿了,看爷爷怎么把你抓住,把你揪出来。我再也不跟他打招呼了,因为抬头、转身、微笑这些事项,对他来说都变成了电影里的慢镜头,而且他也认不出我了。

　　过罢春节,又一个春暖花开,有一天,丈夫说,好长时间没见五楼的老汉了,是不是不在了?我一想,也是,很久没见了,但毕竟连他老人家的名字也不知道,就算大门口贴过讣告,也不知道是他。有一天,经过大门口,见一个保安往墙上贴一张白纸,我突然想起五楼老汉,转回身问保安,他说,早就没了,腊月里就不在了。我算了算,他多虚报两岁的话,腊月里去世,是九十还是八十九呢?他会不会为这个问题纠结过,为自己没有活过九十大关而遗憾?或许,他已经搞不清自己到底多大岁数了。

2019 年 5 月 6 日

第三辑　一切,只与我们的内心有关

美丽与哀愁

　　小的时候,总是认为,有许多人的苦恼不是真苦恼,它们只是用来让人羡慕和欣赏的。你看,影视剧中的女主角,有着美丽的大眼睛,脖颈飘着白色纱巾,站在大海边落泪。特写镜头,海浪翻滚,摔碎在岩石上,女主角妆容精致的脸,两行泪从大眼睛里扑簌簌掉下来。那时,我真想如她那般苦恼一回,不管那苦恼是什么。

　　曾经,我固执地认为,有很多人是不会有烦恼也不该有烦恼的,比如明星比如当官的比如富人,还有在我眼里从事高尚职业的人,比如作家艺术家,我羡慕死他们了,他们的苦恼也只是用来让人羡慕的,不是吗? 他们这个被人告了,那个被情人恋人甩了骗了,那个又被领导排挤了,那有什么呀,他们还是作家艺术家,他们的失落和痛苦也会被人当作逸闻趣事传来传去。至于他们要操心的职称、生计、孩子升学这些问题,简直就是无稽之谈,这哪是他们要操心的事呢? 他们只属于艺术和名望,压根儿就不该让这些事来打扰他们光芒四射备受羡慕的人生景观。

我要是他们，就不会再有丁点烦恼了。那时我总是这样想。

我还认为，这世界上应该有一种永远没有任何烦恼忧愁的生活或者职业，从此万事大吉，开开心心地干事业，过日子。我们小时候看的故事不是在结尾处常说嘛：从此，他们过着无忧无虑的生活。可是找来找去，觉得我所向往的那种幸福和无忧无虑永远在彼岸，而我何时能够到达，乘坐什么样的工具前往，这将永远是个未知数，并且随着人生谜底一点点展开，我们想去的彼岸变得越来越渺茫。

总是觉得别人的生活好，别人都过着幸福的日子，你瞧，那个男人，他虽然没有钱可妻子很贤惠；那个女人，她虽然不美丽可她很能干；还有那个大婶，她虽然文化不高更无气质可言，可人家的儿子在美国是青年专家，每个月寄回来的是美元。

我们看一个舞蹈，觉得是那么美不胜收，天啊，她就是仙子啊，想必是只饮露水只吃花瓣只用在美丽灯光下跳舞就是她的一生，却不知舞者身上有多少伤痛和切身的生活苦乐；读一部小说，赞叹作家如此深刻智慧，行云流水，却想不到他创作时几处进退维谷，痛苦异常，他现在写出的话也许从几十年前就在心中挣扎翻腾，他描述的动人细节曾经深深刺伤过他；我们欣赏一幅画，觉得画家是绝顶天才，一出手就如此美妙，却不知他进行了几十年的枯燥练习；我们到南方的山区，苍茫的山脚下绿树掩映，那村庄

128

黛瓦白墙,春水倒映,村边是各色的花和深浅有致的绿,真是人间仙境啊,要是再落些小雨,就更加美不胜收了,可是要让你到那村庄里生活一个礼拜或者停留几天,那将是苦恼的事,给那美景带来神韵的细雨突然会转变成令人恼火的泥泞。交通不便,偏远闭塞,那里的青年只想离开,到外面的世界去。

熊猫从来没有能力去想它为何会成为国宝,也绝不会表态,我要珍惜这来之不易的荣誉,要感谢这个感恩那个。它还是那样性欲低下从而使繁殖成了难事,任凭人将公的抱到母的身上,也懒得过一下性生活——这才是它成为国宝的原因而并不是因为它的娇憨与可爱。

于是我们明白了,创造与欣赏是两码事,事物的内在和出发点与我们无关,我们只看到后果和外观,我们不可能走进他们的内心世界。当然,除了像娱记们一样去捕捉一些只言片语的消息满足一下我们的好奇心之外,我们与他们之间——也就是表象和内在之间,总是隔膜,或者,我们从来就是将它们简单地统一在了一起。我们总是认为因为这样了所以那样了。直到有一天,我们听说,张国荣自杀了;直到有一天,我们看到,王菲生了兔唇女儿后,伤心地哭了;直到有一天,我们得知曾经最幸运的那位女演员兼女富商削发为尼了,后来得知,她死了……也许,这值得我们暂时放开喧哗与世俗的吵闹,试着去思索一下,再认真地相信他们的伤心和绝望、信念和选择是真实的,总之,不该再是炒作呀活该

129

呀之类的话。真的,如果你是一个相信真诚的人,请暂不要急着说他们是为了什么什么,因为什么什么,图的什么什么。干吗非要用我们世俗的惯性思维为人家编好世俗的理由,来最后给我们世俗的定式一个看似合理的交代呢? 干吗不想想我们的很多妄言、断言是因为我们自身的无知与狭隘呢? 是因为我们对人生的不了解呢?

是啊,他们还缺什么呢? 谁让他们那么有钱有名呢? 他们不是那么风光吗? 他们还会有痛苦吗?

可他们真的是有了难以解决的问题,这一点,请你一定相信。当一个人拥有一切的时候,也就回到了一无所有的起点,当我们解决了一个人生问题后,面临的可能是一个更大的问题。直到有一天,我们不得不承认,并不是所有的问题都有办法解决,或者说当一个人面临的问题和痛苦是金钱和地位也解决不了的时候,那怎么办呢?

痛苦是地狱,那感觉对于我们每个人来说都是一样的,不论是身着华美的衣裳,镶有金边或钻石,或者穿着破衣烂衫,它还是都叫痛苦,你明白的,那是种炼狱般的感受。皇帝的苦恼和流浪汉的苦恼,不同的只是原因和内容,而心灵感受,想必是一样的。有的人没有钱吃饭,有的人没有钱买飞机,这两种没有钱同样都是痛苦和焦虑的。也许,我们需要科学的介入来说明这个问题,那就是从他们身体或大脑中提取些细胞,或者收集他们的眼泪,放到显微镜下测试一番。就像我们常说的测智商一样,它是不以人的高低贵贱和见识多少而定的。一个人的智商,只说明智商,不代表其他的指标。痛苦也是这样,当它降临我们身上的时候,它也只是痛苦的体验,我们躲之不及,祈求它尽快地走吧。

谁也没有更明确的答案说清楚,人为了什么而来到这世上,不,这样说不合适,来不来这世上不由我们自己来定,所以人的一生便成为一个荒诞,那么我们就说说人来到世上是为享福还是受罪这个问题吧。这个问题刚一提出,也显得可笑,谁不为过好日子而来呢? 那为什么那些眼看着过上好日子的人甚至万人追捧的人会自杀呢? 那么说,人来到世上是为受罪的吧? 不,也许应该说,是为了摆脱苦恼而来,因为我们一生所做的一切努力都是为了规避风险,逃避痛苦的控制和不必要的束缚,争取人生更大的自由和精彩,看到更多的风景,领略更多的景观。

人生的痛苦来自欲望,人生的悲剧在于想要的太多。可是想要的多有错吗? 我们只来世上一遭啊,别人有飞机有邮轮有国外的别墅呢,我们只是想要一所三室一厅的房子罢了。别人有那么多情人还有不断的绯闻呢,我们只是想要一段浪漫的感情罢了。于是,一步一步地索取,一次一次地拼搏奋斗,直到有一天突然明白,有多少东西是钱买不来的、地位换不到的,比如生命健康青春,甚至你再有钱,时间不会为你多停留一分钟,那个你爱的人偏不爱你,你千辛万苦养大的孩子突然因事故没有了,那真是万箭穿心啊。这样一想便悲哀万分。过于认真的人,如此这般想下去,不出家,不分裂,不自杀,不抑郁,他还有什么别的路可走吗?当一个人陷入无路可走的绝望时,躺在金山上又能如何呢?

所有这一切,都和我们的内心有关,对于幸福和快乐的感知,所有的忧欢都只能用自己的心去体验和承受。当痛苦降临时,没有人可以替代你。你慢慢会发现,这世上大部分与你有关的问题,症结其实在于你自己,而这些所有问题最终的解决,也只能靠你自己,这个世上为你负责任的人,说来说去,只是你自己,你永远不要设想,什么都不失去,只是得到。

我们常常在见过一些悲剧,经过一些痛苦之后,长吁一口气:啊,原来,我只是想要平安的,没有痛苦的生活罢了。

可是,就为了这简单的平安而没有痛苦,我们付出了那么多,有时掌握不好就全盘皆输,连到手的东西都没有了。我们会说,早知如此,何必当初。可是,假如时光倒流,让我们重来一遍,我们还是要去做那些现在看来是愚蠢的选择,比如爱情,比如相信,比如向往,比如攀爬。

我们的一生,也许只是像阿Q一样,在画一个圆,我们是那么认真那么认真地在画着,因为生命对于我们,只有这一次,好在从这一点说,世界是公平的。

2009 年 8 月 11 日

等待

　　美籍华裔作家哈金有一部长篇小说《等待》,"每年夏天,孔林都回到鹅庄同妻子淑玉离婚",因为在部队里,他和吴曼娜相爱了,吴曼娜等待他离婚。二十世纪六七十年代的部队里,他们不能单独外出,也不能单独在房间里,他们的相处方式就是在部队院子里众目睽睽下肩并肩散步,吴曼娜把自己从女青年等成了中年人,四十多岁的时候,孔林胜利离婚,和她结婚。孔林和吴曼娜都觉得他们等来的不该是这样平淡的不如意的生活,随着孩子的降生,他们慢慢发现对方的缺点,并且都因为这么多年的等待而觉得对方应该对自己好一些,他们开始烦恼,吵架,冷战。在一个除夕之夜,疲惫的孔林莫名其妙地回到前妻家里,吃了年夜饭,喝了闷酒,在淑玉的热炕上睡了一夜,早上离开后,淑玉不放心,让女儿来看他,并且捎话说,"我们等着你回来"。

　　小说获美国两项文学大奖,二十多万字,通篇只有一个主题:

等待。从等待开始,以等待结束。

有时候,等待让我们充满希望,有时候,等待让人绝望。因为很多时候,我们等来的,并不是我们想要的。可是,人生中谁能拒绝等待?我们为什么要等待呢?当然,大多数时候,我们等来的是一个实际的消息或结果:比如录取通知书,比如一份文件,比如一个消息,比如一个判决,比如一笔钱。

更多的等待是不明的,不得不等待,为了等待而等待,是我们给无奈人生的一个借口:爱情让我们等待,却不知爱情往往在你不经意的时候来到,却不知爱过之后是无奈的淡漠;孩子让我们期待,谁也不愿承认,自己的孩子不是天才,他原本和自己一样是个平凡的人,我们不愿意接受孩子长大的过程就是我们失望的过程这一现实;人生、前途更是让我们充满希望地等待,我们期待明天会更好,明年会更好,却不知原来幸福永远都在你抓不住的地方,它在别处,在彼岸,等啊等,找啊找,最后我们无奈地说,幸福就是我们内心的感受。

等待戈多,等来的是一个口信,"今天戈多不会来了,但他明天准来",等来的是"没有目的生活无休止的循环"。卡夫卡的《城堡》中,土地测量员 K 先生一直要进入前面那个城堡,最终他经历了一切也没有进去。他要进去的过程其实就是一个等待的过程。史上最著名的爱情等待可能就是王宝钏的寒窑相守,十八年的青春流逝用来做一件事情:边挖野菜边等待。

春天来到,太阳升起,花儿开放,爱情降临,这都是让我们期待的事情。我们为了那短暂而美好的一刻等待,为此我们情愿忍受孤独黑暗衰败和淡漠,我们盼望下一个春天下一个太阳下一次开放下一次爱情,生命就在一轮轮的等待中走过。

冰心老人当年对三十六岁还未婚的铁凝说,你不要找,你要等。铁凝等到了四十九岁,事业爱情双丰收。想必冰心老人和铁凝都知道,等是一种静态是一种修护是一种自信和执着,相对来说找是动态是慌张是不自信是有点乱了方寸失了秩序。可是,这世上的女人,有几个像铁凝那样等得起啊。

一位朋友的博客好久都没更新了,停留在几个月前的一首诗《等待》,每当我去访问她,就感到一种幽默,谁在等待,她还是我们?

我母亲家族的人都短寿,她的父母只活四十多岁,她姊妹们都活六十多岁。当母亲和姨都在六十多岁去世后,我六十五岁的大舅平静地说,下来该我了。从此他不再去医院,也不太出门,年轻时的暴脾气再也不见了,对孩子孙子们温柔极了,对每一个见到的人都和气而友好,好像跟每个人都是最后一次见面。他静静地等待命运的召唤,他在那年腊月里真的走了。

各种各样的等待考验着我们,磨砺着我们,就像人生本没有意义,不同的人给了它不同的意义,等待其实也没有意义,不同的人给了它不同的解释。有的人说等待就有希望,有的人说等待就是无望,不是我们想等待要等待而是你不得不等待。

等待就是把一粒种子种到土地里,只能一天一天等着它发芽长大,你不可以拔苗助长也不可以命令它必须在哪一天开花。

所谓的民间工艺、历史品牌无不是用时间磨出来的,每一道工序都不能少,甚至大多数时间,你不用干什么,只是等,等着泥胎晾干等着发烫的物体降温等待流动的慢慢凝固,少一道工序,缺一个程序就是对品牌和质量的伤害。出版行业的人都知道,图书质量是拿时间和校对遍数来保证的,要想做到质量过关,就得耐心等待,走好每一个编校程序。作家也都知道,好作品不是赶出来的,写好的文字最好放一放,过一段时间,回头再看它。至于誓言和承诺,更是得用时间来验证,爱一个人,爱一年半载容易,能将当初的美好激情持续八年十年五十年,那才是人间奇迹。人生何尝不是如此,每一步走得扎实、踏得稳当才能走好路。当然,你要说摔跤也是一种经验,碰破头也是一次收获,那是对的,你得付出摔伤和头破的代价,不要抱怨,不要懊恼,等待它们转化为人生的经验。

等待总的来说是温情脉脉的,平心静气的,暗流涌动的,不得已而为之的,你别无选择,你在无尽的等待中找出一些自我安慰的借口,来掩饰你的无望和脆弱。因为,你什么都改变不了,只有等待。就像现在的我,等待梦想给我的诺言,等待生活对我的评判,等待年老衰败,等待那些曾经美好热烈的誓言和剧情缤纷的场景化为淡漠的记忆,等待爱与恨、渴望、焦虑、衡量、追逐变得无关紧要,等待生命的激荡平息下来,最后,等待自己变成一个平和慈爱的老太太,耐心地把脸上的皱纹排列得温顺可爱一些。

2009 年 9 月

诗意之城

我认为,一个城市,最能显示其文化与风情的,不只是她的大街与名胜,而更是一条又一条密如蛛网的小街巷和一个又一个平凡安静的所在。二十多年前,我在西大街靠近西门的地方寻找一个新认识女孩子的家,她告诉过我,她家在南叮当巷。那时没有电话,我也并不是找她有什么要紧事,可能人在年轻时候,愿意为一件无目的的事消耗时间和体力。我走遍南叮当巷和北叮当巷,我看到有人担水有人拉煤有人端孩子撒尿有人磨剪子抢菜刀有人坐在一面墙的旁边理发有人匆匆忙忙拿着袋子出门有人体体面面夹着包包回家有人三五成群坐在一起聊天有人蹲在公用水管前洗菜,可就是没有找到她的家。我也问了很多人,王小华的家在哪里?我只是收获了各种各样迷茫的表情。从那里出来,站在西大街上,望着灰色的西门城楼,我觉得自己像做了一场梦。叮当巷的由来,是因为甜水井,过去,那一带居民吃那口井里的水,拉水车的铃铛叮当叮当地响,于是叫了叮当巷。

现在,甜水井早已填埋,西大街全部拆迁改造,我也不知还有没有叫作叮当巷的所在。几个月前,竟然做了一个梦,梦见改造前的西大街,木板房,石台阶,回民经营的各种店铺。

我曾在菊花园住过一年,不知这里从前是否有个种满菊花的园子,她现在只是一条小街,和东厅门与木头市呈丁字形,通向东大街。在许多年里,如果说东大街是古城女人展示自己的舞台,那菊花园更像是后台和化妆间,女人在这里装扮好自己,在路口那个银行附近略略提一口气,便走上东大街亮相了。小街窄窄的短短的,最长不过一公里,东大街的繁华不小心延伸到这里,在东大街走着的人不小心也就进入这里。小吃店里常常坐满了各式各样的女孩子,花几元钱吃一碗凉皮、麻辣粉,口红重新涂好,走回东大街,又是骄傲的公主。

我所描述,基本是十多年前的画面,而现在,东大街也拆迁改造了,很多温馨可爱的小店不复存在,尤其是马路中间竖了护栏,这大大影响了商业,人们少了各个店里来回看看货比三家的便利。如今东大街上,中间护栏坚实,两边汽车飞驰,过马路成为一件难事。逛街购物的人,明显少了。难道是爱美的女人们已经老去,再没有精力逛街?那么,新成长起来的女人呢,莫非她们有了新的消费方式?总之,曾经被人称为"西安的南京路"的东大街少了烟火气息,变得更现代更森严,也更加难以企及。

都市的商业中心，像河水一样，随着时间的流动而变迁。西安城的繁华之地，向南移去，现在小寨是人口流动最密集处。小寨十字的环形天桥上，周末时候人群拥挤，一眼望去简直令人触目惊心。

菊花园之后，我搬家到东门外的景龙池。这里唐朝时候，是李世民舅舅家所在，传说那时有个大水池，里面有龙出没，而现在，路口那里有个蹩脚的汉白玉的龙的雕像，常年被一层厚土蒙着，使小街更显出一种没落相，于是乏善可陈。那么，我们就看看景龙池旁边的索罗巷。我对她有特别好感是因为，在这个每条街都笔直笔直像是刀切斧剁的城市里，她竟然在半中腰那里有一个不经意的缓缓的弯度，像女人腰肢那里的一个弧线，使得她更符合"索罗"这个音节。在作家陈忠实的小说《白鹿原》里，将它写为罗嗦巷。我曾问过陈老师为什么要这样改，他说觉得这样更有趣，形容这巷子的小与曲折。而我们刚搬来的那年，我那上幼儿园的女儿将它念为"索罗卷"。

"索罗卷"数步之遥，有条拐弯巷子——窦府巷。她更短，更小，呈九十度角，加起来顶多有三四百米，虽然也盖起高楼，竖起灯箱广告，可微风中似还夹带往昔显贵人家的隐秘气息，从那里走出的不一定哪位老者，就有着不凡气派，腰板笔直，发型不乱，明显的人倒势不倒，看见什么都撇撇嘴，在心里说——都是俺先人玩剩下的。世事轮回，窦姓人家风光不再，连去了哪里也无从查考，人们念转了音，将小巷称为豆腐巷，透着亲民色彩，颇有点"旧时王谢堂前燕"的感觉。我家住的小区，正门，是明清老母庙，"文革"时候被一个区级企业占用，现在里面住了十几户人家，将大殿及院落密密切割开来，是一个小型城堡；后门，是个教堂，一到周日钢琴声咿咿袅袅，进出的人神神秘秘；向西走几百米，又是著名的八仙庵、罔极寺。这片小小的地界，道教佛教基督教，各行其是，互不干扰；老君菩萨天上的阿爸，成为附近居民的空气，呼吸自如。

西安城内，这样可说之景基本是三步一岗，五步一哨，千年古都荣辱沉浮，一切皆为云烟，光阴燃烧过后的缕缕灰烬，是盛世旧梦的无尽传说。金碧辉煌，陋室草堂，繁华有尽，万物恒常。不管世事如何变迁，小民还是要过自己的日子，每天在城门洞里穿行，进进出出。纵然今日匆忙的脚步之中，当你突然望见一个路牌上写着芦苇荡，旋风桥，下马陵，端履门，炭市街……你纵然再分毫不让，只争朝夕，也会不经意间有所松动，不由放缓了脚步，内心涌出一些些叫作柔情的东西。

后来我又搬家，来到城墙东南拐角处的安东街。据说曾经有一位同名的省长，打听过，为何叫这个街名，跟他有关吗？有人告诉他，安东街的西边，是安西街。

城墙拐角，是个意味深长的隐喻，童年时候，小朋友之间骂人，会说脸皮比城墙拐角还厚，我不知这个比喻，是全国人民都用,还是只有西安人专属,就像上海人说,跳进黄浦江也洗不清,纯粹的地方特色?

从我家的某一个窗户向西,能看到和平门,永无休止的汽车在门洞里穿梭。夜晚来临,扭头就能看到城墙上的一段灯火。晚饭后出门散步,等电梯时候,总要从走道的窗户,鸟瞰城墙东南拐角,顶部宽阔平坦,两边女墙上的灯火好像变作有声,是最华丽的花腔女高音,像巨人之手掷出一匹绸缎,辉煌地向北,一路奔腾而去。十分钟后的我,已经来到那个拐角之下,被各种广场舞的旋律次第包围。

对一个城市的热爱与胃有关,就像我们对某一个异性的爱与身体有关。我不得不承认,我的思乡之情,无关于诗意和浪漫,我每一次在回西安的火车上或飞机上,是怀着对羊肉泡馍、岐山面、肉夹馍、擀面皮的热望,几乎要泪眼婆娑地远望长安。有一次夜里,飞机降落之前,我看到脚下那片巨大的灯火之处的中间地带,竟然有一个灯光勾勒的长方形方块,那是城墙。飞机上那些见多识广,常常不为所动的人,都变作孩子,伸长脖子从窗口向下望去,发出轻轻的惊叹。那方形的一枚邮票,将我们的心牢牢拴住。

经过一轮又一轮的衰落,西安完全是个平民城市了。民以食为天,自然绕不过这个话题。

西安美食,回民兄弟大有功劳,羊肉泡馍就是他们的巧手烹煮出来的。在西安有大皮院、北院门、桥梓口等回民饮食一条街,

142

各种吃食丰富到让你应接不暇。

西安人纵然憨厚实诚到有些木讷程度，但也是知道些面子工程的，泡馍煮好出锅，向碗里盛的时候，大师傅手腕不知怎么一要，先将细碎的馍粒入碗，那两片早已煮得熟烂的羊肉和粉丝留在勺里，趴卧上去盖住，羊肉温存厚实，粉丝乱云飞渡，一碗醇厚丰盛的泡馍恰似西安人热烈的诚意。没有吃，眼先醉。

著名作家陈忠实先生，生前最爱到东门外老孙家吃泡馍。因我家离得近，时常会叫上我。接到他电话："老孙家，我请客。你先去给咱占位子。"生意好的时候，没有座位，于是给服务员说，陈老师要来。服务员就会想办法给找到座位。我给陈老师开玩笑说，大作家就是好，吃泡馍优先有座。曾见到一个外地文学青年，专程到西安寻访偶像，得知陈老师常来吃泡馍，便在老孙家守候，果然见到。上来搭话，引得旁边食客纷纷向这边行注目礼。这个城市，总是给予作家很高的礼遇，当然，也是因为这个城市的作家，名气足够大。

央视一位主持人用"神秘而美丽"来形容西安，真是再恰当不过。西安人总体形象随遇而安，不甚勤奋，好像总比这个飞速发展的世界慢着半拍，这源于长期帝王之都、八百里秦川的富庶与安宁。虽然往日风光不再，可是安然从容，享受生活，已经融入西安人血液之中，不论世界如何变化，西安人更愿意在这诗意之城中,在大树的浓荫里,悠闲自得地过我们的日常生活。

2016 年 4 月

得玉忘言

　　四十岁之前,对玉没有什么特殊感觉,甚至说不上喜欢。虽然我的名字被镶嵌玉字。

　　或许是名字对人的命运,有着暗示作用,年近不惑的某一天我突然悟出一个道理:玉之所以圆润,是因为她足够坚硬,经得起各种切割、雕琢与打磨。我突然对玉这种物质肃然起敬,慢慢将目光转向它。真乃博大世界,每一个章节进入,都是无穷尽的分支。

　　2015年秋冬在鲁迅文学院上深造班,临近年底结业时候,玉石专家、前院长白描老师出版一本介绍玉石文化、探索玉器市场的《秘境》,在文学界和收藏界产生了很大影响。在此之前,发表于《人民文学》的节选《翡翠记》我已经认真读过,文化人写探玉秘境、玉石市场,不同于一般性的商人或投资者多关心价钱,而是有更多的文化视野和心灵观照,强调人与玉的相互涵养与心灵对话。

那一日中午,在鲁院门口遇到白院长,他说,今天来是应我们深造班一位诗人相邀,陪他去附近的小营珠宝城掌眼,为自己的一双儿女买两件玉坠,作为新年礼物。我心中一动,说,能否我也去,学习学习。一起等来诗人,三人前往北四环的小营珠宝城,直奔二楼三楼。看来白老师是这里熟人,很多店主都认得他。哪家曾有什么器件,摆在哪里,他竟然一清二楚。翡翠,种水,白玉,籽料,山料,碧玉,青玉,色泽,机雕,手工,棉,絮……诸多陌生而新奇的名词,他现场讲解,包括拿出来看一看,放手上掂一掂,话从他口中说出来,就有了一种权威。一件件看过,一家家进出,要比他在鲁院课堂上给我们讲玉石理论生动得多,这是一个实践的大课堂啊。

店家们称为和田玉的,其实大多是俄罗斯玉和青海玉。真正的和田玉,市场上已经不多,都在藏家手里。但是,因为现在俄罗斯限制玉石开采,俄罗斯玉也有增值的可能。我想起从前单位有一位同事,20 世纪 70 年代在新疆和阗当兵。是的,那时候还叫和阗。营房里常有当地人,掌心放着河道里拣来的玉石推销,鸭蛋大的四五元,核桃大的两三元,殷切地希望他们能买一个。军人们不胜其烦,将他们向外赶。我那位同事,也是当时不胜其烦的一位,竟然和阗当兵几年,没有花三五元钱买过一块玉石。现在的人听了,自是啧啧有声,替他们悔青了肠子。其实,时光如果倒

146

流,不管是他们还是我们,仍然是不买的,那时人们,怎会花一个月工资的几分之一买一块没用的石头?就像现在,你怎会花几百元钱,买一个没有人给你保证将来会升值,而且就算有人告诉你要升,你也不信的东西呢?所以,眼光,不是任何人都能具备的,幸运,也就不会随便光顾你。我们只是在听到马未都们当年几块钱买一个什么小碗,现在价值多少万时心潮澎湃,却不想你是用现在的收入,看取那时的几块钱。当时月工资几十元的人几块钱买一个没用的碗,也是需要极大魄力的。

我和诗人跟在身后,听白老师分析每一个玉种,每一件玉器,告诉我们怎样还价,最低多少钱商家愿意出手,而我们也不吃亏。

诗人目光锁定一对图案对称的白玉挂件,拿出来看,质白而洁,却不够润,白得过于直接,稍嫌生硬。典型的俄罗斯玉,但雕工精致。白老师说是机雕,整体品相不错。砍价砍到一万,再也下不来了,转身出门,再去看看。这也是一种策略,不要立即下手。在另一家店,诗人顺利入手一个籽料,自己先挂到脖子上,喜滋滋的。给孩子的,还没有搞定。白老师又遇到了熟人。一位高挑白净、喜气盈盈的少妇,从二楼的一个环岛柜台,招呼我们到四楼她的店里去看。店名双美阁,小小的房间,灯光明亮,不知是灯照亮了玉,还是玉反衬了灯,只觉满室生辉,晶莹玉翠,女主人也显得更加洁而润,仿若玉人一般。白老师坐下休息,我和诗人趴在玻璃柜上,贪婪地对着每一个物件行注目礼。这静静躺着的玉石,始出哪方深山,辗转多少的路程,经历几多回的选拣切割雕琢打磨,就像是前世今生的轮回,直修得静美温润,和光同尘,安卧那里,是美人无语,却又万语千言,坦然接受世人的目光抚摸。我想起一句歌词,"精美的石头会唱歌"。

　　一个小小的黄褐色椭圆物件引起我的注意,让女主人拿出来看,是一个鸟头,白的部分雕成鸟嘴,真像是褐色中伸出的一丛洁白。雕工精细,玲珑有致。白院长说这叫俄糖料,因那褐黄色很像焦糖而得名。可是,作为玉石,不雕花不雕朵,雕一个鸟头,是何讲究? 女主人说,这叫出人头地。嗨,倒真会牵强附会。再看一旁两个雕件,是俩蜗牛,背上的焦糖色壳,分明像一坨屎,真不知谁会把它戴在胸前。女主人却说,这叫扭转乾坤。人们对一件永远沉默的石头,寄寓了多少凡俗的心愿啊。可是,我不由得心中一动,女儿再有半年高考,弄一个出人头地戴上,如何呢? 再细看这块玉,比蚕豆略大一点,精美可人,巧夺天工,硬是如何也挑不出一点毛病。店家要价三千八,我看白老师,他低声说,两千五。于是我开口还价两千,女主人说三千二。这期间诗人也把这玉拿在手上,很是欣赏的样子。双方一点点还价,慢慢接近那个中间价位。白老师对女主人说,这两位一个是作家,一个是诗人,你就两千五卖了吧。女主人说,她平生最尊重文化人,好吧,两千五成交。此时诗人问,这个还有吗? 给我拿俩。女主人说,玉石没有两个完全一样的,每一块玉,都是最大限度保持原貌,浑然而成。那些奇形怪状、刁钻突兀的物件，多是为了避开什么毛病，或是别的器物切除的下脚料。

不能寄寓孩子出人头地的心愿，诗人很是惋惜，最后在白老师指点下，挑了一对桃子，饱满圆润，憨态可掬，价格适中，算是送给孩子的新年礼物。

果真是经济不景气，生意不好做，这么大的五层楼珠宝城，只有零星几个顾客，大多数店铺，好久不进一人。我们三人在店与店之间出出进进，俨然组团，白老师前面领头的气度，又像是大户，走到哪家都受到热情接待，上好的茶也品了几种。白老师说了几回，我累了，再看一家就走吧，但他总是又进一家，好像有什么东西牵着他一般，恋恋不舍的样子。可不是嘛，这一间一间屋里，呈现不同的美玉，就这样一直看下去，都是一种享受。在一家店里，我眼见他扶着柜台，很疲累的样子，可我们一再推迟离开的时间。

直到七点，珠宝城下班，我们三人才下楼，外面的世界早已华灯璀璨，而这半天，三人好像是去往了与车水马龙世界完全不同的另一个王国。

告别白老师，我和诗人向鲁院走。他说，他还是想找和我这个出人头地相似的东西。于是两人约好，明天我们再去。

第二天一大早，二人相约在鲁院楼下，打车去往珠宝城，距离十点还有几分钟，大门没有开启，二人站在门外的雪地里等待。

其实都有点想将昨天从白老师那里学来的入门知识实地演习一番的冲动，脱离专家的指点，看我们自己会不会识得玉石真面目。最是这种刚上道的人，热情极高。我知道诗人总要比我知识丰富一些，有他在前面把关，我起码是可以跟着学习学习的。

沿着白老师昨天带领的足迹，二人又将那些店铺重新游历一番。

在双美阁，仍然是夫妻二人，一个坐着喝茶，一个柜台内擦拭。昨天已经得知，他们是甘肃人，在北京经营玉器已有十多年。丈夫窄长脸，明亮亮大眼睛，体格健壮，恰似古画上牵骏马的西域美男。妻子的笑脸纯朴而甜美，让人不由得就要信赖她。诗人开口又问，昨天那个鸟头，真的没了吗？女主人说，真的没了。诗人很不甘心，再将她所有的挂件一一看去，好像能突然发现一个鸟头似的。最后，他给母亲买了一个碧玉戒指。

再进一家店，面对的墙上，挂一幅字："得玉忘言"，字体古朴，诗人说好字，我倒没有多少感觉，只是觉得这四个字的意境甚好。这一家的碧玉，昨天看过，成色很好，店主说是俄罗斯老坑料。长方形小玉牌，昨天要价三千五，砍价至两千八。今天再次和女主人磨，刚开门，头一宗生意，图个和气生财嘛，两千元一个吧。女主人坚决不卖，声称这是最好的碧玉。诗人拿出刚买的碧玉戒指，叫她看。那南阳口音的女人气恼了般将自己的塑料袋倾倒而出，扒出一个碧玉戒指，说，这咋能跟我的比哩，你看看你看看！

她用一种坚决捍卫自身尊严的气概,喷出几个唾沫星子,落在柜台上,恨不得玻璃上砸出坑来。将两个戒指放在一起,确实立现高下,她的碧绿晶莹,刚才买的温吞沉闷。她得了权威一般,严厉地问,你这多少钱买的?诗人说,八百(其实是一千)。她说,我这个低于一千五不卖,这就是差别。告诉你们我经营碧玉几十年了,啥成色啥价位我清楚得很。现在生意这么难做,但凡有利,我都会卖的。她说得甚至有几分生气。铁的事实面前,我们再无话可说。但是,想用便宜价买到好东西,总是人类的合理要求吧,再与她磨那碧玉牌,反正我们闲着也是闲着,看到底多少钱能攻下来。那女人最终说,低于两千三,绝对不卖。到另一边柜台去了,不再理我们。我也看上了那块碧玉,那绿格莹莹的感觉,是那样令人不舍。诗人说,两千二,拿两个,我俩一人一个。女人高傲地说,不卖!诗人拿出银行卡,柜台上轻轻敲着,非要她刷卡,倒有点强买的意思了。女人只是不理。我们说,不卖那走了啊。女人说,走吧,不卖。我们却不走,心里也很疑惑,为何对一片石头如此爱不释手,它默默无言,却只让你舍不了它,非得掏出口袋里的钱换了它去,才心甘作罢。好像它有了灵魂,生生牵住了我们。诗人与那女人继续拉家常,问长问短,又磨一会儿,那女人终于屈服。

一月份鲁院结业,我回到西安。我曾经带着那块碧玉,去了几家店,那里的碧玉真的都没有它翠绿纯正。戴在胸前,见到的人,也都夸成色好,主要是价格不贵。心有后悔,当时只买了一块。待到三月有事再去北京,直奔珠宝城"得玉忘言",想再拿两块碧玉。那女人说,那种形状卖完了,这是新来的,成色一样,低于三千元不卖。比我那个还小了一点,问了几次:真不卖吗? 对方态度坚决,三千元少一分都不卖。我遂忘言,转身离开。楼上转一下,如果没有更中意的,再来屈就于她。

带着一点点委屈,上四楼去双美阁,好像不买一件东西不罢休似的,却没有开门,玻璃门上别着名片。我打那上面电话,包双菊说她正在路上,十来分钟就到。

于是到她对面的一家寿山石店,一位六十多岁的阿姨,福建人,热情地招待,一样样拿出来看,耐心讲解,殷切切看着我,并且将她保险柜里放的,明知我买不起的田黄拿出来给我看,为我普及知识,更是借此欣赏自己的宝贝,那欢喜珍爱的表情,就像看自己最疼爱的孩子。我惊讶于指头肚大小的这一个小黄块,为何能卖两万多元,比黄金还贵,谁会买呢? 阿姨说,买的人很多哟,能增值的,这两年要的人少了,前些年,供不应求的,我每个月都要从老家打货过来。等包双菊到来打开自己店门时,我已经决定在福建阿姨这里买一个手把件了。那种温润的芙蓉料,盈盈手间的感觉,让你无法拒绝,看来看去,也没有瑕疵。砍价砍到六千二,又在包双菊那里买了一个白玉挂牌,近万元花掉,也就再无能力顾及碧玉。在包双菊的店里一起刷卡,她转钱给阿姨。

回到西安后，一个晴朗中午，怀着得意的心情，拿出那件寿山石把件，在窗前欣赏，阳光照来，更加温润细腻，仔细看每个边角，包括绳子的地方。突然，一个比头发丝还细的裂纹从拨开的绳子下显现。所有美好的心情立即败坏。再细看，确实是裂纹，或者石的棉絮。指甲轻轻一触，竟然能抠开，立即出了一头的汗，不敢动了。是当时就有裂缝，还是我带回的旅途中震开裂了？总之，是个有残缺的东西。不能要了。买玉，就是个追求完美的过程，或许世上没有完美，可我们挑来拣去，只是想找到相对完美的那一个。

珠宝城规定，购买七天之内，可无条件退货。我倒是在七天之内，人却远在西安，不可能为了退换它专程去一趟北京。于是在微信上和包双菊联系，请她告诉阿姨，看怎么解决，我四月还要去北京开会的。福建阿姨说，下次来京，带来即可，退货也行，再换其他东西也可。她说得那么诚恳，断然退货是不好意思的。我决定，去换另一件东西。这样，搞价方面当然就被动了，但也只能如此。

四月去时，阿姨不在店内，回福建老家去了，她儿子在守店，我将把件交与他，看上面的裂纹，他电话与妈妈沟通，阿姨让他给我解决好这个问题。儿子说，若退货，可以的，若再挑别的东西，也是可以的；价格方面，不必有顾虑，还像第一回买时一样。话说到这个地步，我怎能断然退货，拿了钱转身出门呢？看来看去，相中一件章料，粉红色芙蓉料，雕工也很好。砍价砍到五千元，儿子爽快地找我一千二。价钱或许略贵了一点，但这次完美无缺，再说了，厚厚墩墩一块石料，起码很实在。包双菊说，这个比那个手把件好，行家都知道，宁买实，不买空。看来，经验要在一次次教训中积累。

但凡买了自己中意的东西，总想显摆显摆，或者再找行家看看，以总结经验教训。西安一位朋友，介绍了经营玉器的行家，我们也曾一起去他店里拜访，他很是攒了一些前几年购得的好玉，一样样拿出来给我们看，真是大开眼界。我也将在京购买的几件拿与他看。他说，我挑得挺细致，价也都不贵。这下我放心了，认定西北人包双菊夫妻是实在人。我每当挑好东西还价时，她说："姐，我是很尊重你这个作家的，想交你这个朋友，给你的，真的是最低价。"事实证明，她说的也基本是实话。同时我发现，经营玉器的人，轻易不说别人的坏话，不说别家的东西不好，包括西安这位行家，也是如此。这可能也是玉德对他们的约束吧，在长期与玉的厮守之中，他们吸收了玉的美德，悟出了玉的精神。

每次去京，只要时间允许，都要去那个珠宝城，好像那里有什么让人牵挂的东西，几家相熟的店里看一看，上次有印象的，如果还在那里，心中踏实，就像见到老友，如果已经不在，心里小小失落一下，不知道已经去往何人之手，戴在何人身上。看来看去，忍不住总要买一个。有一次我坐在双美阁，与那一对夫妻闲聊，丈

154

夫还是屋角喝茶，包双菊立在柜台里编绳子。楼下马路上，是喧嚣世界，而他们躲进小屋成一统，被玉包围着，与世无争，天天就这样夫妻相伴，洁净从容地来去。突然觉得这种生活安静美好，我表达了对他们的羡慕，说你们这工作蛮好的。女主人幸福地说，是的，我们是真心爱玉。最早时候，我学的是厨师，我个儿大，有力气呗，想从农村出来，好有个出路，我俩一起开过饭馆，偶然接触玉器这一行，爱上了玉，就扔开饭馆干上了这个。丈夫话不多，因为有些轻微结巴，一说话，总有些急切和羞涩，想要在最短时间内尽快结束语言表达，但需要气力活的时候，他总是迅速起身行动。包双菊说话的时候，常要与丈夫对视一下，是看他的眼色行事，还是二人传递什么信息？总之，这是一对恩爱夫妻。有时候，他们的儿子也在店里，是放学后丈夫将他接来，趴在小桌子上写作业，七点下班后，一家三口开车回家。他们还有两个女儿，在河北上寄宿高中和初中，因为没有北京户口，市内无法入学。我说，三个孩子呀，是一心想要个儿子吧？包双菊微笑说，我倒无所谓，不想要了，他家里死活不同意，再不要个儿子，我俩就得分手。不用说，这一间小小的门店，撑起他们一家在北京的幸福生活。

有一天，我与姐姐一起走在路上，迎面遇见她一个同学，衣着阔气，胸前吊着一块上好羊脂玉。走过去时，姐姐说，那位同学的公公是个书法家，常在各地办书法展，丈夫现在也跟着经营，很是有钱。看着姐姐的羡慕表情，我将在双美阁新买的一个五福挂件送给她，说虽然不是羊脂玉，但总是可以戴一戴的，咱不必羡慕人家。

前往北京参加一个会议，有半天空闲时间，再次前往珠宝城。福建阿姨又给推荐了几块章料，我大致看了，觉得其中一个白芙蓉的挺好，看完却放下了。在双美阁又选了一块俄糖料。临走时，包双菊拿下她架子上一个插屏，木质雕花架子，高约五十厘米，镶嵌一块直径十五厘米的圆形青玉，雕的是荷花鸳鸯。包双菊说是和田青玉。我一看很是喜欢，她的报价也不高，说是前些年进了几个，卖得就剩这一个了，生意不好做，放她这里占地方，如果我要的话，以当年进价给我。我表示想要，叫她找个合适的盒子，给我包好，我十二月还会来京，那时一起再拿。

那一日，几位朋友约了去西安行家的店里喝茶，那位行家坐在几米远的地方，看了我一眼就说："又戴了个俄糖料？你这种身份，应该戴一块好玉。"说得我不好意思，当即取下那块没戴几天的俄料，装了起来。想想也是，只在那个珠宝城，零敲碎打，也有近两万了，戴两天就不喜欢，或者觉得档次不够戴不出去，其实还不如钱加起来，买一个理想的。

我找出手机照片里那个鸳鸯插屏，让行家看，他说这个插屏的价值，全在中间那块玉，照片看不出来所以然，不能保证就是青玉，如果是岫玉，也就值一两千元。我问，如果是青玉呢？他说，那还不得问你要上万。这下我心中有数了,包双菊的要价,不是一两千,也不是上万元,那就应该是青玉了。

十二月去京开会,不想时间却很紧,没有能够再去珠宝城。回到西安后,倒一直想着那个小屏风,想象着它摆在我家桌上的样子。临近春节,更是想给家里添置一件东西。于是微信联系包双菊,问她真的是青玉吗? 会不会是岫玉呢? 她说是青玉无疑,她有鉴定证书,并将证书拍照片发来给我看。我说能否给我快递过来,连同鉴定书一起。她说,恐怕快递不保险,他们一家,过年要开车回甘肃,可在西安下高速,我去一个高速口等她,她亲自交我手上。过几天又说,恐怕不能送来了,孩子学校补课,她要留下来管孩子,她丈夫一人回老家,那就不再开车,而是坐火车回了。她找好盒子,准备邮寄。叫来快递人员,人家不敢收,说春节前业务繁忙,快件特别多,害怕扔坏了。我只能表示遗憾,不能在年前得到这件心仪的小屏风。过了几天她又说,孩子不补课了,他们还是一家人开车回老家,可在西安当面交送。于是我标出离我家最近的一个高速路口,让他们快到时,给我电话。她说,没问题姐,会把东西完好地送你手上。我心中一动,想起福建阿姨的那几个白芙蓉章料,于是将当时拍的照片发给她,请她在几个里面,给我挑一个。吸取上次手把件的教训,叫她一定看清,不能有瑕疵。她过去挑了,又发来几张照片给我。最后锁定两个,需要在里面再选一个。阿姨说,两个都带给我,让我任选其一,也给出了挺优惠的价格。

腊月下旬的这一天，包双菊一家，早上六点半从北京出发。下午四五点时候，她来电话说，可能要八点半之后才能到西安了。

我和丈夫赶在八点四十，到达曲江高速口那里等待。过一会儿，包双菊来电话说，可能还得几十分钟，因为他们被导航导得从东边下了高速，得穿过市区来到曲江收费站。我说，你们在哪里？停在那儿吧，我们过去找。怕他们路不熟悉再走错。她说在半坡路上的建材家具城。我们设置导航，直扑那里而去。冬夜的路上，车来车往，唰唰呼啸而过，人们都忙于春节前的躁动或者归位，没有人知道这辆飞奔的汽车，是去取一件北京捎回来的玉插屏，当然也没人知道，半坡路上，道边痴痴站着的母女几个，是在等待何人。我们已经到达建材城，可是偌大的建筑，东西南北四个门，电话问他们在哪个门，是三环上吗？她一个外地人，怎么能认得清东西南北呢！再问她，马路对面是几幢高层吗？她说不是，是几个破房子。再让她发定位来，我们绕着建材城拐一个弯，看到一辆小红车，京C车号，车后站着三个人，正是包双菊和两个女儿，个头跟她一样高，很漂亮乖巧的样子。丈夫和儿子从车里钻出。这是一辆很小的车，拉着一家五口人和一些年货，准备回甘肃老家过年。不再是精明的商人，而是赶赴家乡的游子，而几百里外老家的人，一定也惦记着他们的行程，或许也知道，他们的亲人此刻在西安下高速，为了将一件积压的东西脱手，好带回去

158

几千块钱,给过年增加喜庆。包双菊新烫了头发,小卷有点生硬,贴在头上,她一如既往笑得很开心。彼此都觉得以这样机缘,在这样的路边相见很是奇异,又很高兴。她丈夫从后备箱抱出那个大盒子。包双菊说打开来,当面再看看。我说不用开了,她坚持要看。几个人一起对付那个大盒子,当时她是按快递标准包的,胶带纸缠了不知多少层,揭开一道还有一道,横着几道竖着几道,真是恼人。最后是她丈夫拿出钥匙当小刀,割开了。里面又是泡沫纸裹了好多层,解了开来,终于露出青玉真面目。完好无损!

再交接阿姨的章料。路灯下,也能见到那块椭圆的,有隐约黑点,于是拿了方料。只给了她玉屏的钱,因为家里没有那么多现金。包双菊丈夫说,没关系,拿回去看好后,满意了再微信付钱。

与他们一家告别,眼看着五口人钻进那辆小小的车里。一路上都是丈夫开车,现在还要继续赶路,星夜兼程回到天水老家,也就是说,她丈夫今天连续开车差不多二十个小时。我开始为他们担心,请包双菊到家后务必发微信来。

我回到家里,先将玉插屏取出擦拭,放到桌上,越看越喜欢,想起她的要价,也确实不高,真像她说的那样,卖它是为了腾地方。

在灯下看那个白芙蓉章料,雕工很好,厚实的底座上,一只英俊的狮子,屁股轮廓沉稳敦实,线条流畅精致,石纹有些杂色,不如头部那里晶莹剔透。我心中有一闪而过的失望,记得当初在店里看时,不是这样,但很快又觉得比那全身石色均匀一致的,更显出真实与可爱。继续欣赏,突然脖子那里,看到一个小小的裂痕,头发丝一般,约一厘米长,立时大失所望。包双菊此时还在路上,不便打扰,明天再说吧。

第二天上午,包双菊来微信,说他们已经于深夜两点顺利到家,请我放心。我告诉她,玉插屏很好,这块章料发现小裂纹,心有不爽。她说,那就不用付钱了,过完春节快递给她,她还给阿姨就是。我说,这样好吗?阿姨会不会怪你?她说没关系,你买东西就要买个满意嘛。包双菊传来的语音里,有很多人说话,好像是同学聚会,喜气环绕。

我不断将小狮子拿出来看,石料纯正,器型敦实,雕工玲珑。如果没有那个小裂纹,真是个接近完美的物件。上网查了,这叫裂格,属正常现象,因石料在开采运输过程中,用炸药来炸,免不了会有裂格。可这跟我又有什么关系呢?我只想要一个没有裂纹的玉器。求玉的过程,就是追求完美的过程,我们挑来拣去,就是想要更好的那一个,我不必为一个不满意的东西埋单,春节后给她快递回去就是,世上好玉多的是,拿上钱再去挑一个。

可是,接下来的两天里,我一有空,就将那块章料放在灯光下、阳光里,转来转去,仔细打量。这只憨态可掬的狮子,仿佛有了灵性,任你怎么看,怎么转,都是那么可爱地昂着头,屁股丰满饱硕,俏皮地撅卧着,透与不透的交错石纹显得更加真诚质朴。当时雕刻的人,是怎样处心积虑,要做好面子工程,将好的石料雕成头部,将有点杂色的布局于尾。或许他为此有点小小歉疚,在尾部用料就很慷慨,反正也不是好料,多来点呗,于是这只小狮子后坐力很是雄浑,如果它能起身奔跑的话,臀部肌肉将发挥强大的爆发力。而晶莹剔透、石料完美的头颈处,却那么执着地横亘一道小小的裂纹,不在灯下照着仔细瞅,看不出来。可我有了心病,总是要一眼看准那一点头发丝,好像每次打开盒子是为了测试能否一眼找到裂纹。这多像我们的人生,总是强调那一点点不如意,有无法剔除的遗憾。这枚由福建到北京,又到西安,经历种种机缘,经由无数双手,最终来到我手上的小狮子,我真的要将它退回去吗?让它再去接受无数人的挑剔,被一双又一双手拿起,赞叹,欣喜,然后突然看到那个小纹,失望地放下,最后成为那位福建阿姨的残次品,扔在门口的小车车上,用很低的价钱出售?可怜的小狮子。

求玉的过程,除了追求完美,也是理解和领悟、包容的过程,试着接受不完美,明白凡事会有所缺憾。

我在除夕的前一天,给包双菊微信转了钱,请她转给福建阿姨。同时也祝包双菊幸福美满,来年的生意和日子更好。

2017 年 2 月

在怀疑中前行

　　总会有一个时期,深深地怀疑自己,还有没有写下去的能力。

　　曾经我以为自己会永不倦怠,才思如泉,只要坐在电脑前面,手指放在键盘之上,就像轻轻拧开了水龙头,文字会涓涓而出,我毫不磕绊地书写,繁忙的手指只是思想的执行者。也确曾有那样的好光景,那时候永远不知道累,永远有写不完的话,那些语言的小鞭炮、思想的小火花密集地炸裂,将平凡的天空映出美丽的色彩,它们赋予我坚定的自信。

　　2016 年的大半时间,用在了经营《多湾》上,采访、对话、签售、研讨、评论专辑、读者见面,看似半天时间的活动,都需要前期准备,后期整理,提供文字照片,对接相关部门,事无巨细,烦琐无尽,每一件事都需要占用时间去做,我总也不能开始新的写作,于是发现一个可悲的现象,写作产量直线下降,质量也变得可疑,文学期刊上,渐渐少了我的名字。作为一个作家,好像你只有这一部作品,陶醉其间,总也走不出"多湾",连我自己都有点不好意思了。已经羞于再提起"多湾"二字,朋友圈再发有关《多湾》的消息,点赞越来越少,我仿佛看到朋友们意味深长的眼神:除了《多湾》,你还有什么?

很多人都在问,《多湾》之后,你将写什么?你将会写成什么样子?关心我的人们,脸上呈现深深的担忧。我何尝没有自问呢?一个作家,要不断拿出新作,要一次次超越自己,这是世人公认的常识。手上正在写作的一个长篇,选题高大上,进展却缓慢。起笔近两年,只写了十多万字。平均每个月,不足一万字,一些情节进展不利,有些语言生涩干巴,似乎再也没有了从前的灵气,没有了融会贯通之气,想匆忙收场,又心有不甘。我最常做的事,是将它打开,浏览,关闭,不甘心,再打开,再关闭。当然,这期间,也写了几个中短篇,一些创作谈。

我愿意再用长久的寂寞与等待,迎来下一部新作的诞生。而她将是什么样子,还不能确定。我不断自问,是什么让我倦怠,失去了写作的热情和勇气?现在的我,只是躲在自己的角落,默默炮制下一部作品,艰难而又不甘,坐在电脑前,手指常常闲置。写不下去的时候,在网上乱看,或者想尽办法推后打开写作的页面。开机一个小时,还是不能进入写作议程,好像那是繁重的劳役,明知赋税在身,逃不脱的,却是能躲一会儿是一会儿,只将"要写作"当成一个说辞和精神寄托。在网上看到别人光彩夺目的成就,层出不穷的新作，我不得不说，这是一个写作者最焦虑惶恐的时候。为了配合这种情绪，常常还要暗落几滴眼泪，由此变得脆弱敏感，别人的每个话题，都在影射我的失败和无能。我甚至觉得自己是个无用之人，天资庸常，半生枉然。

每一个下午和傍晚，都有面对时光的无力感。什么都没有做，怎么又是一天，一个在电脑前，只写了几百字的人，也必须迎来这一天的结束吗？一个又一个这样无望的一天，足以让人对生活失去信心，感到自己已然苍老，失去了力量和奋斗的精神，已经被这个时代淘汰，远远地看着同行们大步向前走去，只将我一人抛下。

打电话向一位老师倾诉，说我正在被自卑和脆弱控制，觉得自己一无是处。她吃惊极了，天啊，在我心中，你是女王，竟然还自卑！我也想对她的这话说句"天啊"！由此我知道了，每个人自己的烦恼是真烦恼，别人的烦恼只是装饰品。关于这个话题，我们永远无法与他人达成一致。

时光老人在设置我们的生活时，或许运用了一些特别的手法，让我们不只是步伐均匀地向前走，也不会了无牵挂地从一个胜利走向另一个胜利，他老人家可能布局了一些路障，环环相扣，曲曲折折，会让我们绕一点路，甚至走入歧途，跌进泥坑，或者干脆被一种莫名的力量阻止在路途上，耽搁在迷雾中，我们不得已徘徊四顾，惊慌不定，失了定力。难道这是为着使我们看到更多的风景,感受到别样的人生况味?甚至应该折回身,沿着来时的路,拣拾你掉落的东西,让你再体悟一下初心?当我写下这段话,带着对自己的嘲讽和厌倦,或许这又是自我开脱,多像我们常见的心灵鸡汤。

那么,我没有必要硬撑着,做出一副踌躇满志一往无前的样子。我手写我心,就是诚实地写下此情与此景,写出内心最真实的感受。此刻的我,坐在傍晚六点多的夕阳里,窗外像一个辉煌的悲剧高潮,窗内的我,陷入无望感,好像这两千字的作业,已然难住了我,让我踟蹰一番,深深地怀疑自己,是不是什么都不会写了。那天收到鲁院严老师短信通知,转达郭老师邀约的时候,我简直要感动得热泪盈眶:还有人记得我,召唤我,而我这个正在消沉的人,将要振作精神,试图用两千字,证明自己的存在。

岁月和生活一点点收走了曾经赋予我的青春与热情,我所拥有的,越来越少,可我始终还有诚恳,永远真实地表达自己。假如我的写作,只是给人们提供一个反面的例证,用最笨拙最传统的手法,以多年之力,写出一部《多湾》,然后,就再也拿不出像样的作品,那么,愿赌服输,就这样吧。也或者,经过一段时间的消沉与徘徊,重新树立起写作的勇气,那散失的热情与才华,犹如神祇,再次临幸于我,就像我们曾经看过的那个动画片,女主人公呼唤:赐予我力量吧。若是那样,我将感谢命运,感恩文学,她再一次拯救了我。当然,她就是什么都不再给我,并且还将继续一点点收走,我还是要感激这一切。从此,做一个安静的人,依然关心文坛和文学,面对书桌,心平气和,阅读这世上众多优秀的作品。

2017 年 3 月

已过万重山

黑衣女

一只黑提包,挡住了我的去路。一个黑衣女人,正弯腰在自己的随身小包里翻拣着什么,惊慌而窘迫地对我说,你先走吧。我迈腿跨过那只黑皮包,踏上了电梯。她在身后说,我没有坐过地铁,跟你学一学吧。我问她去哪里,她问去火车站是坐这个地铁吧。她已经从小包里拿完东西,提上一个黑袋子和那只黑提包,踏上电梯,跟了上来。

我说,这个地铁去郑州火车站,也去郑州东站,你要去的是哪个?她说,我要去南京。我说,你的火车票呢?让我看你的车票。她说,还没买。

已经走下电梯,她紧紧跟着我。我问,那你去南京,是打算坐

167

火车，还是高铁？她茫然。我站下来，拿出手机，查了时刻表，告诉她郑州东站是高铁站，到南京车次很多，行程三个多小时，三百多元票价；郑州站到南京，也就是一般的火车，差不多十个小时，九十七元票价，有一个十二点二十分的，一个下午的，你想坐哪个？她说是别人替她买车票，她还不知道。

我说，那你得先搞清这个问题，才能决定你坐地铁后从哪里下，郑州站只有五站路，郑州东站还很远。

她还是紧跟着我走，快要走到买地铁票的机器前了，她突然说，好了票买好了，你看。微信里，有人给她发来车次的照片，是郑州站，十二点二十分发车那个。我说那好，我帮你买郑州站的地铁票。在机器上，我先给自己买了到高铁站的票，再拿过她递来的五元纸币，买了一张两元票，哗啦啦找了三元硬币，我将车票和硬币交给她。一起过完安检，她还是惊慌的样子，好像后面会有人追来，反复问我，那个票是在郑州站没问题吧，我告诉她没问题，你的时间非常宽裕，现在还不到九点。在入闸口，我先刷卡过关，她刷的时候，却不得通过，而她已经将那只黑提包放到了闸门这边，那张卡试了三次，还是过不了，她更慌了。我在这边告诉她不要着急，帮她喊来工作人员，让帮忙看看。工作人员请她到那边的票务处去，她急得脸上冒汗了。我说，这样吧，你跟在一个人身后，快点过来。走过来一个女孩子，刷卡后闸门开了，我指挥她快速通过。她提起黑提包，我俩一起下电梯等车。车门等候处有两个小伙子,她又上去接连问人家,这个地铁能去火车站吗？小伙子告诉她三次:能去的,没问题。她高兴地冲我笑笑。我再次告诉她,不必紧张,完全来得及,我是十点半的高铁,还要到高铁站,都不急呢。

地铁进站开门,我们一起上去,有座位,并肩坐下。她东张西望一番,确认再没有来人追赶,突然嘴巴凑到我耳边,小声说:"我是偷跑出来的,从老家××,被同乡骗到这里搞传销。"我松一口气,好在不是被我老乡骗来的。在相当长的时间,河南人的名声很是堪忧,以至于我一听说有诈骗事件,先关心是哪里发生,得知不是河南,心里竟然有一种窃喜。"怎么同乡还骗人呢？今后怎么见面?"我感慨道。她撇撇嘴:"不但是同乡,还是同学。"

咦,不对呀,我发现了疑点:"既然是偷跑出来,怎么还拿这么多行李,他们让你走吗?"

"吵翻了。他们让我投资一个项目,不投的话不放我走,骗我说买不到火车票,天天都说没有票。我说今天必须走,哪怕在火车站住两天,也得走。"

"那你应该回家呀,怎么又去南京?"我问她。

她的头更进一步埋向我这里,不让车上人看到她的脸:"我看你像个好人,才告诉你。我这样子,出来没挣到钱,怎么能回家呢?"她眼圈红了,眼里涌出一层泪光,"现在是南京一个人,要我去做事。"

"你认识这个人吗？"

"网上认识的，我在网上说了我的情况，她让我去给她家里做活，刚才是她给我买的车票。"

"那万一再是骗子呢？"

"不会吧。"她迟疑一下，拿出手机，打开微信，点开语音叫我听，一个女人的声音："这个车中午在郑州开，夜里差不多十点到南京，你到后联系我，我去接你。"

我问她，你家里有孩子吧。她点点头，然后有泪水涌出来，头又背向我这里，用手擦泪。

她拿着手机，让我看刚才那个图片，再问我，这个车次没问题吧。我说没问题的，我刚才也查到了。她又拿地铁票问我，这个没用了吧？我说出地铁站要用的，塞到一个口儿里，你跟着别人，看人家怎么做，你就怎么做。我问她，你确认带身份证了吗？如果没带的话，是走不了的。她面部现出一层恍惚，然后说带了，刚才在地铁口那里，又检查了一下。我说，如果你相信我，我们加个微信好吗？你到南京那边，遇到困难，或许我能帮你出个主意。拿出手机，我突然有点后悔，内心紧急梳理一番，确认这不是一个骗局，我一个四处行走的作家，该不会被引入一个什么圈套吧。我再看她，黑黑的脸上施一层薄粉，不是急着出逃吗？不是吵架吗？怎么还有时间和心情给脸上扑粉？但愿她只是个爱美的女人，而不是别的什么路数。她反正快要下车了，也来不及提出转款借钱之类的要求。于是我扫了她。

她的微信名字叫"不容易"。

地铁到郑州火车站，我提醒她该下车了。她站起身，穿一身黑衣的细身体上承载着小黑包、小黑袋、黑提包，她有着南方女人窄小的胯骨和细长的双腿。三次向我回过头来说，谢谢啊。

她下车离去，消失在人群中。

我们只是加了好友，没有互发过微信，但愿这说明了，她到南京后一切顺利。

盒饭

高铁是从原来没有路的地方开出了一条新路，穿过田野村庄，跨过河流城市，像刀尖划过大地。起点和终点，多是大城市，那些中小城市呢，像珠子一般，串起在高铁线路上，有的停，有的不停，我猜想，是不是这趟车停一、三、五站，下趟车停二、四、六站，总之要让沿途每个站的人们，都有车坐。各式各样的人，被各种命题和任务收进一个快速奔跑的铁盒子里，被电脑程序和不可控的神秘力量安排得如此之近，共度几小时或几十分钟，却不会看对方半眼，擦着对方的膝盖进出，相互不说半句话。我偶尔恶作剧地想，相邻车厢，甚至前后排坐着的两个人，会不会是曾经的熟人，会不会是失散多年的兄弟，分手多年的恋人，而他们正奔波

171

在寻找对方的路上,正在思念着对方。

　　我的身边,靠窗坐着一个年轻女子。看不到她的正面,只见到鼓起的脸颊,长长的种植的眼睫毛,弯弯翘起,刷了厚厚的睫毛膏,那过于圆鼓的脸颊不知是否注射了玻尿酸。如果不是她用一种低沉而暧昧的声音打电话,我也不会要装作看窗外风景而顺便瞅她一眼——公共场合随便看别人不礼貌,不小心翻个白眼,就更不好了。

　　小推车走过来,列车员一边走一边口述盒饭品种:双椒牛柳,红豆牛腩,香菇烧肉……年轻女子招下手,列车员停了下来,又针对她一人,将刚才的品种说了一遍。年轻女子认真地想了想,点了一份红烧排骨。我觉得是刚才那个电话,让她心情有点愉快,于是决定吃一个盒饭。列车员告诉她,四十元。她递过百元钞票,列车员说,找不开,微信支付吧。女子拿出手机,列车员从围裙口袋里拿出一个小包,从包里掏出一张破旧毛边的小卡片。这张小小卡片,行程数万里,一次次掏出、放回,被无数个手机端详过,解读过,可谓身经百战,劳苦功高。卡片上有二维码,让她扫了,然后告诉她,关注铁路客服,点下面的埋单,输入车次,再输入金额。这是个烦琐的过程,我常常因为要做这一系列程序而放弃一项交易,宁可饿着。可那位年轻女子或者骑虎难下,或者本有耐心,我相信,仍然是那个电话的余温,让她很配合地做这一系列复杂的程序。列车员的耐心更足,致使她那窈窕的腰肢和围裙上

172

那个萌萌的大口袋在我眼前停留了好几分钟。然后,她们满意地离去。

邯郸东站

穷人多劳碌,一天窜四省,我从山东省冠县,到河北省邯郸市坐高铁,经河南,回陕西。若在春秋时期,就是一日游几国了。

司机是文友的发小和邻居,本是说上午九点出发,两小时内赶到邯郸,十一点多有好几趟去往西安的高铁,时间宽裕,消消停停。却不想文友的朋友上午有事,需要早早将我送去,他好回公司办事,于是七点从冠县出发。赶得巧的话,可坐上九点九分的那趟高铁。

路上,我终是不敢在手机上定这趟车,怕来不及。那种时间紧张的赶车,直让人的心脏受不了,轰一声响,无形的大手将你推入一种模式,心脏狂跳,血液奔涌,口干舌燥,而且总是要和你作对般地生出一些小枝杈。马上就要看到邯郸东站的大楼了,时间是八点四十五分,文友说,应该差不多。司机说,还是保险点,买十点多的吧。

将我和行李放下,他们走了。我一个人站在空旷的广场上,看到人们向进站大门走去。不赶时间的旅程,真好,从容顺着人群向前走。进站口有短暂小拥堵,如果买了九点九分的,此时不知怎么急呢，冲到最前面，给每个人说，劳驾，让让，我先行一步。安检，取票，一旦出现任何小麻烦，心火又噌地蹿起。现在这样多好，缓慢通过也不怕的，小小堵塞也不急的。邯郸站比我想象的要大，人那么多，都不是没事看景凑热闹，而是真的有自己的明确去向。从前高铁上匆匆经过，有时两分钟停留，有时过站不停，哗地闪过，觉得此站是可有可无，站在此地才知，却原来它也是如此重要，这么多人无比热切地扑向它的怀抱。

到取票机那里取了票，走向候车区，广播里播放进站，正是九点九分那个。心里小后悔一下，买这个也可以的呀，时间多么赶巧啊，一分钟都不浪费。嗨，无怨无悔吧，没有冒险精神，也就不要眼红人家先走一个钟头。坐下来，等待生命中突然富余出来的这一个小时流过。

一个女人对着手机打电话：我们的产品你尽可放心使用，它是从植物中提取，绝对无害、保湿，对皮肤改善作用明显。如果你之前用了含铅的产品，它也能给你排除掉的。她声音温柔，将那个产品描述得让人动心。我竖耳细听，想知道是什么品牌，如此神奇，不妨用用试试，可她却一直不吐露，随着人流进站去了，留给我小小遗憾。

另一个女人用手机在谈雇保姆的事情：现在保姆多难找啊，你想要各方面满意，还要价格便宜，你觉得那可能吗？现在就是要找一个把咱妈交给她咱们能放心的人，别的不要再苛求。

身后突然传来一声尖叫:知道了知道了别说了！被年轻女子吼的可能是她的妈妈,忍气吞声继续向她弯腰过来,坚持小声说话。那女孩像被针扎了一样,尖叫一声:你是不是有病啊？此语一出,震惊世人,众人纷纷看去,连正说着保姆事情的女人,也停了下来,将谴责目光无声射出。如果前一句话作为一个女儿吼出,人们还能接受的话,后面这一句,实在是过分了。母亲表情木然,不怒不悲不惊讶,直起身走开了。她穿着一件跟年龄很不相配的桃红色长毛衣,一条紧腿花裤子,一双平底绣花鞋,脚很大,高高的个头从背部塌了下来,腰有些弯。她身上自带一种处不好家庭关系,受惯了坏情感与坏情绪的气质,很显然她对这一套见怪不怪了,造成她衰老麻木的不只是岁月,还有不和谐的情感。我想到我的女儿,如果她在大庭广众下这样吼我,我会怎么办。我可能转身离去,再也不理她,直到她承认错误,流着泪水向我道歉。再一想,我的女儿,她不会这样对我的。有点想远在另一个城市上学的女儿了,那里现在还很寒冷,气温零摄氏度以下。那女人目光追随着女儿,围着我们坐的这排椅子转了一圈,像一个盯住小猎物伺机下手的动物,慢慢观察寻找再次进攻的契机。她不甘心地又过去想再讲几句,年轻女子又是一番歇斯底里的大叫。好在广播里传出召唤,一趟高铁就要进站,这母女二人随着人流向进站口那里拥去,是一起上高铁,还是在进站口分别？坐上高铁的女儿,会不会突然后悔刚才的言行,给妈妈打个电话,发个微信？

　　各种各样的人在低头看手机歪头打电话,此刻这里就是世界的中心,向四周发散接收着各种信息。

　　一个胖胖的戴眼镜的男人向卫生间走去,被猛拍肩膀,原来遇到了熟人,是另一个戴眼镜的光头男人。彼此并没有惊喜,不像女人那样喜悦地叽叽喳喳一回,而是很沉稳地说了几句话。经历风霜的黑黑脸庞平静如水,然后彼此转身离开,仿佛谁派他们来此秘密接头的。广播里不停地播放即将到达的车次。每一趟都是从北京西发出,或者去往北京西,啊不,竟然也有从邯郸东始发开往秦皇岛的省内区间车。

　　高铁和飞机一样,播放英语,不论有没有人听,那些英文总是跟在汉语后面,成为标配,算是与国际接轨。大多时候英语成为无用的点缀,是一串汉语之后的间歇符号。可是,在这个平凡的上午,那些顽强播放的英语,突然有了一个知音,一个黑人男子,推着大号行李箱,阔步走进大厅,那些落寞的英文,是否会变得开心起来?

　　这样一个古老的城市,没有我认识的人,也没有我思念的人。我曾经过而不停的站点,今天邂逅,我只是一个过客,如果敢于买九点九分的高铁票,我不会在这里停留一个小时,也就不会看到刚才的这一切。

176

哭闹的宝贝

车厢里响起婴儿的哭声，一开始人们泰然处之，想着哭两下算了，可那哭声不停歇。烦躁不安，委屈得不得了，一定是边啼哭边挣扎着肉嘟嘟的身子，用他小小的生命在向世界控诉，质疑，这是怎么了？怎么了？我为啥如此难受？年轻的母亲不停地拍哄着：咋了，咋了，好了，不哭，不哭……哄劝无效，孩子哭得纯粹而投入，用他全部的生命力在倾诉。母亲哄得更加真情流露，那操着方言的声音里，除了母性，还有一丝丝属于性感的成分。我感到满车厢的男人停下了一切，默默听着一个年轻女性由着生命本能发出的声音，她全力在孩子身上，忘记了环境，母性没有克制与修饰。男人们一定想，要是没有孩子的哭声就好了。可那孩子哭得更加烦躁，声嘶力竭，好像在考验所有人的耐心。人们开始纷纷回头看去，一个年轻女子站在三人座位的最里面，将她的宝贝上下颠着，像是和孩子比赛，越哭越颠，越颠越哭，嘴里越是更加紧密的"咋了，咋了，不哭，不哭"。我有一个感觉，那孩子是她颠哭的。这女子好像从来没有听到过高铁的服务用语：请带好您的小朋友，如果您的孩子哭闹，请带到车厢连接处哄劝。她那么年轻，白白的皮肤，精致的五官，算得上美女，身上还有哺乳期女性的暄腾和酥软，看一眼令人迷醉。她似乎完全没有带孩子的经验,也没有行走社会的经验。终于她前排一个女子站起身对她说,把小孩抱到车厢连接处吧,那里凉快些。前排女子的肢体语言和表情像是这年轻母亲的姐姐一般,只有关心,并无谴责。是,是,孩子是热的了,到那儿去透透风。见有人起头儿,车厢里又有人说,说话的语气也都是将这个年轻母亲当孩子来哄,表示自己是对孩子好,并不是嫌你们吵闹。

年轻母亲似乎这才明白过来,抱着孩子挤出座位,到车厢那头去了。车厢复又安静下来,空气松弛如常,人们看视频、打电话、刷微信、吃东西、打瞌睡。高铁又向前奔驰了几十公里,可能已经跨越了一个城市。

耳边响起逗弄孩子的声音,刚才那个年轻女子,抱着已经不哭的孩子回来了,她用一种跳舞般的身姿,似一个滑入舞台中央的舞者,与孩子的呜呜啦啦应和着。那孩子脱得只剩秋衣秋裤,小脚丫也光着,脚背像个小鼓面包,脚指头抽动几下,眼里还有泪痕,懵懂地看着眼前的一切。大约半岁的样子,还看不出来性别,既有男孩的英气棱角,又有女孩的白嫩精致。车厢里那么多人,每人都有一张脸,表情不一,真有意思,他看看这个,再瞅瞅那个,真是看不懂这个世界。座位上一个六十多岁的男人对年轻母亲说,热的了,你有多热他就有多热。我说,孩子哭闹肯定是哪里不舒服,先要检查一下。最是这个时候,人们都很热心,一个比一个能,将自己带孩子的经验倾倒给她,将年轻母亲当个孩子一样教导。那孩子不错眼珠地和我对视了好一会儿,突然,四蹄一抖,一头扎进妈妈怀里,咯咯笑了,完全忘记了他刚才还拼命哭过。年轻母亲顶多三十岁,孩子脸型、五官和她十分相像。她穿着一件红色长线衣,头发高高扎起,椭圆脸形,面色白嫩,普通话里带着豫西口音,典型的小城美女。她将哄乖了的孩子,像个成果一样抱着展示,不愿再回到自己靠窗的那个狭窄之地,而是拣走道边空着的座位坐下。孩子喜欢这个开阔些的地方,站在妈妈腿上手舞足蹈,被泪水清洗过的眼珠,更加黑亮,乌溜溜的,看住一个地方,就认真地盯住了研究。

这个在他婴儿时代出现的一幕,将来长大后,他是无论如何也记不起来的,几十分钟后的现在,他已经忘记了。他那小小的脑袋,还有几年的洪荒期呢。

2018 年 3 月

没有大事发生

许多个下午，我不写作，也不读书，就在每个屋子里走动，翻找一些东西，做些杂事，准备晚饭，好像生活本该如此。直到傍晚来临，开始懊悔这一天又虚度过去，怎么总也抓不住时光。

曾经，我说，如果将某一天的所有经历如实记录下来，那些阴差阳错，那些不断变化，那些忙里忙慌，那些意外生成，会比虚构的小说更有意思。对面坐着的一位女作家表示怀疑，你觉得会有人看吗？

没有大事发生，只有层出不穷的琐事构筑了我们的生活。

或者，我们都在内心期待着一些大事，为此我们忍受着一天又一天平庸的生活，一件又一件烦琐的小事。

去超市

　　楼下那个超市,我曾经一次次在里面出没、流连,带着孩子,一家三口,更多的时候是我自己。走过一楼卖服装鞋子的区域,穿过二楼浓重的塑胶味,从一个走道穿过,上到三楼,那里的日用品、食品等着我斤斤计较地选择,在考虑质量和省钱之间进行思想斗争,直恼恨同类产品太多,让我陷入选择的泥淖。超市的设置像一个迷宫和骗局,琳琅满目吸引着你,随便拿,反正价钱不高,常常到收款台那里排队时,头脑渐渐清醒,发现有一些东西不是必需的,可它们为什么摆在那里的时候,就那么惹人喜爱呢?那些庞杂的陈设和堆积,形成一个七彩世界,就像层出不穷的新闻事件一样,烦乱着你又吸引着你,你时时觉得该离开了,但脚步又向另一排走去。据说,超市物品摆放是一门学科,摆放得不同就能产生不一样的销量。而现在,站在窗前,从我家楼上看去,它只是类似于刀把形的一个房顶,将超市这个庞然大物不愿意被人看到的一面,呈现给我,上面有三座地雷般的绿色铁家伙,可能是通风装置吧。

　　那条通往超市的小街,我一次次走过,黄昏时散步;匆忙跑到超市旁的小市场买面条、买菜;曾在那条路上焦急地等待出租车空车来到,或司机好心愿意拼座捎上我;在路边小心绕开洗车行流到路面上的污水;也曾在路边大树下接电话,气急败坏地大声说着工作生活中的一些事情,就像女儿常常抨击的中年妇女一样,不顾及自己形象。

居家生活

邮局有三个窗口,永远只开一个,已有三人排队等候,都是颤巍巍的老人,一时半会儿完结不了。放弃取钱,转身去买菜,庆幸自己英明,带了钱的。从环城公园穿过,用的是快速的脚步。心想,这一趟买菜之行,可代替了晚饭后的散步,完成每天行走一小时的计划。各种各样的事情阻隔着,使你不能尽快坐在电脑前写作,使最近冒出来的几个小说构思在心里奔来突去,连一鳞半爪都不能描画。今年还没有写出一个像样的小说,内心充满焦虑。

买菜回家,十点,本是扔下它们先工作,等到十一点多再开始做饭,又一想反正都是我的事,早做晚做都一样,赌气般地,一头扎进厨房,先准备菜。做饭这件事,说起来很简单,但并不只是炒好菜端上桌这一个程序,它包括买菜、择菜,刮土豆皮,切牛肉丝,掐芹菜叶,剥、洗、切、配备葱姜蒜。所有东西不会自动飞来,一片菜叶掉在地上也得你亲自弯腰捡起,一小摊水洒到台面上你要拿抹布擦去,否则它们就会变作垃圾的一员,做饭现场的一部分。备好所有要下锅炒的菜——包括每个菜里要配的蒜片、葱段、姜

<u>丝</u>，它们不会因为不是菜的主角而不占用你的时间——近十一点，总算好了，可以做我自己的事情了，开电脑是不行了，写不成什么，看稿子吧。电话响起，网购的书到了，让拿了钱下楼去取。记得买的几本书共一百四十二元，快递员却说，拿一百三十元零四毛，这意味着，有一本这次没来，会在一两天内，再突然电话响起，你再要换了衣服，下楼去取，怎么快速，也得五六分钟吧。幸亏下楼时顺手拿上手机，只怕有什么差错，果然，楼下没有快递员飞速而来的影子，打电话，对方说，马上到，请稍等一两分钟。这是个会计划的人，打提前量，可这需要我多等一两分钟。眼见着那哥儿们像一只雄鹰滑翔着，骑在电动车上来了，嘴里说对不起叫你久等了，前面那个人，也是到之前就打电话了，可迟迟不下楼。嗯，那真烦人，我和他一起谴责前面那位，对这小伙子声援的方式是，一毛钱，不找了。拿书回到家，拆了包，书放桌上，包装袋扔垃圾桶。平日买回书最大的享受是，拿了抹布，把每本书仔细擦拭，因为书会在印刷和运输之中沾上机油与尘土。然后爱不释手，感受着与洁净纸张接触的感觉，看封底封面的文字，看前言后记、作者简介，然后<u>这</u>些书有可能在书柜里沉睡多年，再有一个什么由头，得以打开来看。也有的书，买回来放回书柜，就完成了它的历史使命。这会儿没有闲情逸致擦书，先连包装扔地上。靠到床上，歇息酸疼的腰，看稿子。算是用前面争分夺秒急行军的速度，为自己赢得了一个小时的工作时间。对我来说，读书，写作，

183

看稿,都是要做的事情,要因地制宜,根据轻重缓急选择先做哪样。十二点开始炒菜,保证孩子十二点半进门吃上饭。

午睡。入睡也需要时间,中午能睡着是最大的胜利,否则下午害病一般,脑子一片混沌,如火山岩浆涌动不息,燥热脑涨,随时想哭,电脑前枯坐,出工不出力,完全没有效率。如果中午能睡着,哪怕十来分钟,醒来眼睛明亮,一下午脑子清醒,如八宝粥一般清凉凉甜丝丝。也有时候睡得多了,超过一个小时,脑子昏沉沉,万念俱灰,干什么都没有兴致。但这只是暂时,缓过十来分钟,泡上一杯清茶,慢慢神清气爽,觉得没有什么困难能难倒我,晚饭前敲出四五千字。所以每当中午醒来,就很高兴刚才的睡着,又为自己争取了一个下午的胜利。

红衣女人

红衣女人从马路斜插过来,踏上路边人行道,走在我的前边。

个头偏低,但不能说是小个子,因为健壮,使她的体积增大一些,鞋跟着实不低,又让她的个头长高一些,就算是中等个头吧。蛮务实的,知道这个年龄不能过于为了美而受罪,鞋跟是比较粗壮稳重的那种,白皮鞋的样式不时髦也不落伍,介于笨重和灵巧之间,徘徊于价格低廉和挖空心思趋于高档之间,定是精打细算看了好多鞋子,比较来比较去,最终还是考虑价钱问题而买的。

一件短袖红上衣,宽宽松松,挖了圆领子,腰两边缝了两段松紧带,做出腰俏,妥帖地包住粗壮的腰身。下身穿条白绸裤,随着走路一抖一抖,长及脚脖,这两年很兴这种长度。面料不是真丝,比绵绸高级了一丁点,加了一些有亮光的织物,叫韩丝缎,听起来很洋气,其实说白了还是绵绸。一定是几分钟前临出门才穿上的,之前熨好在柜子里挂着,或者出门前才熨的,穿上之后还没有来得及打弯,腿后那里没有一点横皱。

过于高的鞋跟使她的步态不甚轻盈,当然也不全怪鞋跟,也有体重和年龄的原因,她走得有些略显蹒跚,身子稍微前弓,右肩挎着大大松松的包包。但她一直很努力地保持着尽量优雅的走姿,好像知道有人在身后观察她,那走姿告诉世人,她不是随便出来买菜,而是要从事一件较为高雅的活动。

留着短短的剪发,为了使短粗的脖子显得修长一些,不想却露出了后脖子上一棱子肉。人们总是见不到自己的后面,便只考虑前边。她抬手理了理头发,随着行走,全身衣服抖动,上衣的红短袖也是看不出料子,薄薄的,抖抖的,不是高级料,但保留着最底线。女人过日子需要精打细算,用上全部聪明才智,要美,要节俭,还要显得高级。这个昂首阔步行走在树荫下的女人,身上有一种强壮而精明、要强又洁净的气魄,有一种自带的力量,将她从粗陋生活中拯救出来一点点,在边缘上攀挂着,没有完全掉落下去。她目标明确地走进路边一间服装小店,推开玻璃门进去,消失在我的视野里。

　　我继续前行，去单位上班。

　　我走在下班路上。

　　法国梧桐遮住了夕阳，走在大树下的人们，有些懒散。刚刚进入夏季，天还不是特别热，人们还像初恋一样新奇地爱着夏天。路边各样服装店，廉价衣服花花绿绿。路过一个店门，余光看到红衣女人歪在沙发上，正和店主聊天。已经两三个小时，想必她早已经歇好了被高跟鞋累疼了的双脚，此时完全放松姿态，身子后仰，一只胳膊撑在沙发上，一只手臂挥舞，正在说着什么。一百多分钟，该说了多少话呀，沧海桑田都过去了吧，一个孩子都已经在话题里长大了吧，一场婚姻都在絮叨中老去了吧。这家店铺，是两个五十来岁的女人轮换上班，我曾在店内买过两条裙子，除了便宜，再无优点，穿两回就不想要了，但是有了这两个女人的微信，付款时加的，时不时她二人会给我点个赞。

　　如果不是看到这个红衣女人，我已经把她忘记了，就像那些大街上偶尔闪过眼前的人。但她此时越过店内挂的那么多衣服，歪靠在那个墨绿色沙发上，看不清她的面庞，我也并未停步，只觉她肉嘟嘟堆放在那里，红衣白裤，娇憨可爱，跟毕加索那幅画有几分相像，从我视线里一闪而过。

　　店内这两个上班的女人，常邀来同伴闲聊，不知这红衣女人是她们哪一个请来的，这会儿谁在当班，或者是她们共同的朋友，也或者是顾客发展成了朋友。微信里用几十条语音约好了,在这样一个午后,这个家庭主妇,从家务中暂时脱身,打扮一番,走出家门,度过一个类似于精神生活的下午。她一会儿起身出门的时候,韩丝缎的裤子将不再平展,膝盖上起包,腿后打弯地方有许多褶皱,这是一定的。但她的内心,像熨斗熨开了似的,带着一份满足和舒适,略微疲倦地走回家中。

三件毛衣

打开洗衣机门,我大吃一惊,三件毛衣面目全非,它们分别粘上了其他两件的绒毛,几十分钟的搅拌缠绕,相互重度沾染,已经不是从前的颜色。将它们一一拉出,放在盆里,面目可憎,扭曲斑驳,基本上接近报废程度。

因毛质不同,沾染的风格和路子也不相同。现在湿乎乎的,且不管它,只等干了之后再做处理。

先说这件豆沙色羊绒衫,它那细软的小绒毛无私地献给了另两件毛衣,像是给那两件穿上了一层新装,而它也含蓄地吸收了紫毛衣上的一些细毛毛,它那些倾吐细绒的线头上,变成无数个小圆球,得用手一个个摘下来。不一会儿我的手里就有了一把松软的绒球,货真价实的羊绒,扔了有所不忍,看了一会儿还是丢进桌上放垃圾的小盆里,它们轻盈清高地立在一堆果皮花生壳烂纸

187

巾上,不愿意和它们同流合污,好像等待一场小风,它们将飞离这个委屈之地。可是又能飘向哪里呢? 命运已经注定,它们是无用的了。

　　这场事故证明,这件紫毛衣,并非真正羊绒。前几年姐姐买线给我织的,卖毛线的人,信誓旦旦说是百分百羊绒,可从沾染程度看出,能有一半毛质就不错了,因为它的绒毛没有掉那么多,它具有非毛料的硬度与挺括,粘别人的多,掉自己的少。当年我说,想要一个可体的、贴身的毛衣,姐姐答应给我织一件。不知是为了省线还是我说的可体,这件毛衣织得袖子窄小,想向上捋的话,袖口勒在胳膊上,陷在肉里,很是难受。领口收得不太圆,在右边成为一个不太对称的钝角。局面已定,当时姐姐不想拆了重织——而且重织也不见得就能织好,她不是织毛衣专家,偶尔为之罢了。我每次穿这件毛衣时,总在脖子上戴条丝巾,遮住领口。

　　这件黑色长毛衣,是在一家路边小店买的。虽然无数次下决心,不再买廉价衣服,只是掏钱时高兴一下,事后每次拿出都不满意,而买好点的衣服,就掏钱那会儿心疼一下下,半天就过去,衣服呢,回回穿到身上自信满满——道理都懂,但人总是想占点便宜,设想世上有物美价廉的好事。女人真是要命,见到服装店,就想进去看看,明知道不会买,也一件件拨拉过去,问问价,转身走开。那天在一家非常小的店里,期望在那些挂着的毛衣里,能淘出一件来。虽然知道这样的小店,不可能有真正的毛衣,但总觉得这件手感似乎带点毛质，织得还算细致，造型也颇大方，唯一不好的是胸前缝了一块缀亮片的薄纱，降低了它的品位。我在考虑回家后，要不要把这一块薄纱拆掉。一百五十元一件长长的黑毛衣，无论如何是有吸引力的，就是偶尔穿一下，也划得来。女人总是少一件毛衣。

小店主打棉麻布衣，说白了就是大红大绿，粗制滥造，文艺女中年最爱的那些，货品来源可疑，不知怎么就出现了这件尚有毛质手感的黑毛衣。店主是一位五十多岁的胖大姐，一张发面饼似的圆脸，身体力行，穿了一身自己店里的衣服，红裤子，花上衣，齐墩墩的头发烫出小卷，又在头顶扎起一个小辫。或许她认为这样显得年轻，女人总有这样的错觉，随时有可能重返青春。我随口说出一句，你心态还挺年轻的。不知为何她将这当成了夸奖，突然叫我姐了，胖墩墩的手指抚摸着那件黑毛衣，姐长姐短地说，这件毛衣真的是百分之七十的毛，均码，之前一百八不讲价的，现在最后一件了，一百五给你吧。我因她一声声的姐就很不高兴，赌气说，一百二，卖了卖，不卖我就走了。她将毛衣取下，装在一个袋子里，我付钱出门，她转身站到镜子前，检验自己是不是真的变年轻了，可以管一个四十多岁的女人叫姐。

这件黑毛衣，还真是在那个冬天发挥了作用，好多次出门前，挑来拣去不知该穿啥的时候，总是会选中它，因为它好配衣服，长长的，定型好，不像羊绒衫那般，软沓沓地贴在身上。洗了一水后,胸前缀亮片的那块纱布,有点收缩起皱,不再光亮,也就不显得那么低档次了,起码整件毛衣看起来中档水平吧。不由窃喜。

平常,毛衣都是分别手洗的。羊绒衫也不能洗得太勤,也不曾抓着一件狠穿,这件穿一次,那件穿半天,脱下放在那里,三件攒到一起都该洗了,懒了一下,扔进洗衣机,用的还是洗羊绒的程序,从前洗过的,都不会损伤衣服,却没想到互相沾染。

豆沙色羊绒衫将绒毛无私献给了别人,粘别人的却少,比较好处理些,将纠缠的绒球摘掉就可。紫毛衣和黑毛衣就惨了,粘了一身豆沙色细绒,用刷子蘸了水刷,用胶带纸粘,看着刷好了,粘净了,仔细再瞧,还有更细的绒毛钻在纤维里,好像有无穷的豆沙色细绒。我不禁可怜起这件羊绒衫,联想起遥远草原上那些羊,不知还在不在这个世界上。

用了小半天时间,在阳光下,处理这几件毛衣,使用了好长一段胶带纸,粘一粘,刷一刷,拿阳台上抖一抖,将某一根细微的豆沙色绒毛摘下来,注视它。打了那么多弯,用最柔软顺服的曲线,穿进它偶然相遇的另一件毛衣里,如果不摘掉它,它就与这件毛衣相亲相爱,长在它的肌体里,直到永远?

龟儿子

他光膀子,叉腰站在客厅,严峻而悲愤地死盯着刚进家门的我。大半夜的,不睡觉,这是干什么呢? 我从衣帽间换鞋出来,他还是那么站着,用一种少见的痛心疾首的表情死死盯住我,看得我心里直发毛。是的,我回家晚了,超过十二点了,这是很少有的,我从来没有这么晚回家过,有一件给朋友帮忙的事情,早已给他说得明明白白,他也犯不着这样啊。

"怎么了这是?"忍不住问他。

他还是不说话,就那么悲伤地站着。我不再理他,进屋换衣服去。他突然大声说:"乌龟已经五天没见了!"声音里似乎带着哭腔。

啊! 是吗? 是好几天没有见了,但我不记得到底几天。

"肯定是你姐那天来,倒垃圾的时候,把它提在塑料袋里,扔出去了。"他说。

"不可能,那么大个东西,怎么会把它混到垃圾里?"

"那就是它趁你开门出去的时候,爬到外面,你没看到,锁门走了,它回不来,在楼道里被清洁工拿走了。"

"也不可能,它速度哪有那么快?"

"可是家里没有了,到处找遍了都没有。"

"可能藏在哪儿了,过几天就出来了。"

"现在不是冬天,它不可能冬眠。"

"那你说是怎么回事? 这也不是那也不是,总得有一个解释吧。"

"会不会生病了,自己钻在哪里,死了?"他说出这句话,都快哽咽了,悲伤地回到房间,一夜里翻来覆去没有睡好,不时叹息。

小时候看过一篇小说,某某太太的"小旱龟",那位资本主义夫人的名字不记得了,只记得她养了一只小旱龟,天天惦记它吃了没,喝了没,精神头怎么样,不时对客人提起她亲爱的小旱龟,把它当自己的孩子看待,小旱龟生病了,她更是悲痛欲绝。那时候的小说都有导读,说是此小说揭露了资本主义人们心灵空虚,对一只小旱龟寄予如此深厚的情意,这是一种变态的感情。

我家这只巴西龟,是丈夫十多年前买来的,当时比一元钱硬币大不了多少,小塑料盆里装点水,放进去,它爬来爬去,挺欢实的。丈夫还买来颗粒状的饲料,在水里泡开了给它吃。每次家里买了肉,炒菜之前,先要给它切一点肉末,放在水盆里,它欢快地游过来,几口吞掉。我说它是丈夫的龟儿子。

龟儿子大了一些,我们觉得它独自一个,怪孤单的,应该再买一个,陪伴它,又听人说巴西龟养单不养双,于是去花鸟市场又买来两个和它一样大的,一起放入小盆里。三只龟,岂不热闹开心。过了几十天,死掉了一个,竟然不知是最早买来的那只,还是后来者,三只生活一起,已经把它们弄混了。又过了几个月,其中的一个一只眼睛发炎,睁不开了,给点了眼药,还是不行,慢慢病萎下去,头都抬不起来,眼看着一日不如一日,终于也死掉了,又将它埋在花盆里。原来巴西龟的确是喜欢独个生活,于是就这一只,

192

在我家待了快二十年。平日里,成了家里一口人似的。我怀疑它知道我家里的一切事情,听到看到一个家庭发生的所有事,见证我们一家三口平静的生活,知道我们每天早出晚归,孩子辛勤上课,知道孩子高考的分数,看到我们送女儿上大学走了,家里安静清闲一些。是的,它知道一切,它只是不会说话罢了。

我在书房写作,听到嗒嗒嗒的脚步声,它从阳台上过来,一步一步爬到书房门口,扭过头,看着我,我也看着它,跟它说几句话,它好像听懂了,走到一边去,安静下来。我接到快递的电话,从书房起身出来,它嗒嗒嗒嗒快速爬过来,失急忙慌,到我脚下,抻着脖,仰着头,好像在问,什么事什么事?有一阵它爱照镜子,每天爬到门口那面大镜子前,半直立趴在上面,对着自己的脸,看啊看啊,看完后爬过安装镜子的小沟槽,钻到衣帽间里,不知道在黑乎乎的里面搞什么名堂。我炒菜的时候,将大镜子推拉门拉上,以免开厨房门时油烟飘进衣帽间,这下坏了,正是它照完镜子准备进入的时候,它举着两爪,愤怒地拍打狂抓,好像在呐喊,天啊天啊这是怎么了!为什么封堵我的路?!我赶忙把镜子拉开,它安静下来,抬腿钻了进去。丈夫下班进门,它不管正在哪里,都像孩子一样快速跑到门口;丈夫坐在小凳子上吃饭,它爬过去,卧在他的脚边;女儿开学走的时候,它忧伤地爬到门口,女儿跟它挥手再见,它痴痴望着,伸长脖子看我们出门而去,门咣当锁上,不知它会不会在家里低头垂泪。它也有不长眼的时候,爱待在厨房或卫生间的门口，我进出时候，不注意地面，一脚将它踢出多远，滑向柜子或墙壁，又弹回来，我免不了又疼又气，嗔怪它，哎呀咋不踢死你哩，怎么老爱站门口啊。它缩着脑袋，眼睛眨巴眨巴。

随着长大，给它切肉，不必那么碎了，绿豆大小就行，扔到水里，它伸嘴叼住，哇哇几下吃光。

不管是资本主义还是社会主义，人都是有感情的，不管你养了什么宠物，它都会牵住你的心。现在这只五六天没有露面的乌龟，搞得丈夫坐卧不宁，吃不好，睡不着，没事就拿一根小竹棍，这儿拨一拨，那儿划一划，趴在地上，对着柜子下、床底下、沙发下，瞅来瞅去，沙发，茶几，早已经搬开看过。我们一点点梳理它的线索，记得上周吃卤面那一天中午，我端着碗坐在沙发上，它向我爬过来，在我脚边停留过一会儿，那是它最后一次出现在我们的视野里。丈夫问，是不是已经不再欢实了？我说，没注意，好像是吧。是星期几吃的卤面？跑去查了日历，那就是说，它已经六天没露面了！问题已经相当严重。我安慰丈夫，没事，肯定没死，如果死了，这么热的天，早就有难闻的味道了。

其实，我心里也很难过，毕竟是一个家庭成员，一起生活了快二十年，它怎么就不见了呢？

丈夫一晚上没有睡好，唉声叹气，早早起了床，又是那样叉腰站在客厅里，这里瞅瞅，那里看看。我心情沉重，到厨房做饭去了。

突然，他大叫一声："哎呀！在这儿哩！天啊，咋钻这儿了，哎呀，你看你!"我从厨房跑出来，他跪在大沙发跟前，开着手机上的手电，悲喜交加，都快哭出来了，我很少见他如此激动。叫我："来来，一起把沙发抬起来。"原来，龟儿子从沙发后面离地面高一些软一些的地方钻进去，沙发前的木头挡板太低，它出不来，又找不着当初进去的路径，只好卡在一个死角里，对着亮光一门心思想往出钻，越钻越穷途末路。而前几天丈夫只是挪动沙发，没有往上抬，它在那个死角里和丈夫相距十来厘米被挪动了几回，无奈它不会说话，白白看到听到我们为了找它而付出的艰辛。

现在，它头上顶着沙发底下常年没有打扫过的毛毛絮絮、灰灰土土，站在那里，仰着脑袋，和丈夫面对面，接受他疼爱的训斥，然后它爬向阳台，走向它的盆子。近二十年来，塑料盆已经换了几个，现在里面有小半盆清水，是昨天心快要碎掉的丈夫为它换好的。

小店林立

小店无限粘贴复制，布满每一条大街小巷，全方位覆盖我们的物质与精神需要。

只说我家楼下一条小街向南的路东，分别是这样的小店：海联水果店，韩姣粮油店，瑞瑞便利店，富平鲜蛋专卖，水盆羊肉，专业修脚,区总工会自主创业示范点综合商店,皮革美容店,隆兴烟酒,胖嫂烤肉,缝纫店,半城冷饮批发部,诚军家电维修中心,酒水批发,如意家居,肉丸胡辣汤,朱家水饺……不到一百米的路段,这些名字密密排布,再往前走,更多的店名排队等待。网上有人做五花八门的统计,数头发,数草莓上的黑籽,数柚子有多少果肉粒,数一包瓜子多少颗,一包皮筋多少根……全程直播,竟然观众多多。那么有没有人,能将一个城市或者街区所有的店名记录下来? 有没有一个作家,能将一条街上所有小店的故事书写下来,这些店主,来自哪里,因何而来,生意如何,生活怎样?

水盆羊肉和专业修脚,两个小店紧挨,这多少有些不合时宜,顾客觉得尴尬,想必两家店主也自感不太美气,可有什么办法呢? 提前无人规划,小店自主经营,谁也没有权利让哪一个为了配合自己而消失,生活就是如此,生存第一,不能为了你的观感好一些而去随便指摘。我私下里猜想,它们两个,是否都想着自己生意兴隆,做大做强,收购另一家的门面,让对方走开。

小店永远开门,里面的人总是在坚守岗位,他们好像有义务为你守候。你要买馒头,来晚一步,卖完了,你心里小小的不快,怪店主没有给你留着,你只好再往前走,看看拐角那一家的大饼还有没有。如果大饼也卖完了,你在心里愤愤地对两家小店都给个差评,可人家店主高兴,今天生意好。

在这些固定小店之外,穿插着流动小车。简单的叫卖与配乐:酸奶,大熊酸奶,批发零售。骑着小三轮的男人,应该胖一些才好,因为他说大熊酸奶。叮叮当叮叮当,酸奶,大熊酸奶。小喇叭的振动和回声都能听见,没来由地觉得,车上的酸奶,一定好喝。

流动叫卖声很是精彩。热苞谷。批发钟楼冰棍、钟楼小奶糕。换电壶胆,电壶胆来咧!漏水,渗水,加固房顶。这些内容让你意想不到,将你拉回到从前时光,不知今昔是何年。如果你听到磨菜刀的声音,万不可一时冲动拿了刀跑下去。你换衣服等电梯下楼的几分钟,那人可能已经骑车跑到你追不上的地方,而你掂刀站在小区门口,就剩下生气了。保险的办法是你在路上先遇到他,让他等你,你有针对性地持刀而来,或者你加他的微信。

前几年在马路对面,仁林商店,两间房子打通,是个小型超市,店主是一对年轻夫妻,男的黑黑瘦瘦高高,中原口音,面孔冷淡,女的白白净净低个儿,说普通话,很是爱美,永远化妆,开口先笑,立誓要做都市女人的样子,夫妻二人,一切都像反义词。他们有两个儿子,一个上小学,一个上幼儿园,哥哥时常放学后在店里写作业。男主人在自己卖出的整条烟上,用圆珠笔写下仁林两个字,说他的店从不卖假货,假一赔十。我猜想,仁林或许是他的名字? 后来,小店缩为一间,另一半转给卖水果的。仁林先生说,生意不好了,反腐倡廉,烟酒都走得慢了,两间店没有必要。有一天,我买盐,走向那里时,发现店主换了一位老汉,全部变作水果店的地盘，我问，这家店哪儿去了？老汉指向对面，我回身看去，我家楼下一层新开了许多门面房，门口气球花篮什么的，摆了一排。啊，做大了哩，待我去祝贺一下。我过马路向那里走，路边亭子间有人冲我喊，这儿哩，这儿哩！我停步一看，仁林先生站在从前卖报刊的亭子间门口，两臂张开撑着门框，好像店太小装不下他的身体一样，望向对面他的老根据地，目睹了刚才的一幕。亭子间不足十平方米，里面东西更少了。摆下柜台货架，站两三个人都觉得拥挤。他说，这里租金便宜。里面只卖烟酒盐醋，之前的饼干蛋糕饮料零食之类，全部没有了。门头上从前的报刊字样还在。过一两个月，路过亭子间，又换了主人。再然后有一天我走过马路对面小学门口，见仁林先生悠闲地靠在路边躺椅上，身边是他红底白字的新店:喜羊羊烟酒店。这个名字，可能是为了配合他儿子的喜好吧。

不知为何，楼下小学所有围墙店铺全部关门，店主纷纷转移战场。不到半年的喜羊羊，大红色门面还鲜艳着呢，却跟所有的小店一起，关门落锁，仁林先生再次失踪。

那天买醋，顺着小路向南走，一家小店灯光明亮，地板光洁，刚推开玻璃门，听到一个熟悉的声音:你好。定神一看，哈，仁林先生。我有点惊喜交加，你怎么到这儿了？他说，学校那儿要改造围墙，只好又搬到这边。狭长的一间小店，摆放着阵容缩水的假一赔十的烟酒，还有挤在柜台下，有限的几类物品。买了醋走出来,抬目看门头,坚强的仁林先生,两年内第三次更换马夹:隆兴烟酒。但愿这个新名字,能够给他带来好运,支撑他儿子在对面小学念到毕业。

一生只逢几十春

城市的花儿,自然也像原野上的一样,因着气温的召唤而醒来。她们不会忘记时间,也不会开成别的样子。除了这十多天,一律都是绿叶子,没有人知道她们是什么花。只有绽放,才能证明她们的身份。

樱桃花开得很早,因为她要结果实,她要跟上每一个时令,她没有兴趣跟别人相约时间。她在你还不经意的时候,突然就开满了枝头。作协院子里有两棵樱桃树,是当年一位女作家从哪里移栽的两株小苗。人们说,结果实的花都不美丽。其实,世上没有不美丽的花,每一种花朵都有自己的美。这洁白的樱桃花散发着很淡的芳香,抢时间一般先期绽放。果实的生成必须经历足够的时间,或许一天都不能少,各自操好自己的心,不需别人提醒,不管别人开了没开,开自己的花,让别人说去吧。

玉兰的孤高清香,是因为经历了漫长冬季的严寒。初冬时节,就长出花苞,叶子落光了,花苞坚守枝头,一个冬季的寒风冰雪,冻不坏她。苦苦等待,只为十几天的绽放。也只有这十几天,人们知道,她是一棵玉兰树。有多么美,就有多么痛;有多少欢乐,就有多少寂寞。有时候,人间一些场景不忍目睹,惊喜之后是绝望,艳压群芳的姿容和浓郁动人的气息,披头散发的迟暮与失魂落魄的衰败,都是玉兰的命运写照,前后只有两周时间,谁也挽留不住时光的脚步,人们路过的时候,心情复杂地仰头看,一片花瓣又跌落在地。

玉兰之后是海棠。环城公园里,各种花儿次第开,使人们有事可干,盼了这个,期待那个。那些粲然绽放的花儿,就像一个沉默许久的人突然开口说话,滔滔不绝,表达观点。花儿也有高低贵贱之分,假如玉兰是矜持高贵正统的,那么丁香就是带着一点邪恶的,琐碎而繁密,随风招摇,香味过于邪气夺人,是个不自重的女子。

那些叫不上名字的花儿,不因你不认识她而不开放。她不是为了哪个人,她是为自己而开,先是有一个个小小的点,一天一天,再胀大一些,饱胀到一定程度,突然挣开了身子。一树繁花,隔着护城河望去,那一抹粉红,更像是一个梦幻,为了在这个春天,给你一个惊喜。

护城河这边,种了四十多棵白海棠,盛放之时,人在花海穿行,有一种不真实的感觉。

花儿不可能永远挂在枝头,她们各有各的期限,在这个她们深情眷恋的世界上,一天也不能多留。她们必定要跌落下来,于

200

是短暂的时光里,她们充分地燃烧自己。

2017 年至 2019 年

开往安康的绿皮火车

因公前往安康，三四个小时的行程，在班车与火车之间，我选择了后者。因为想重温一下那种缓慢的节奏，火车穿行在群山之中一路向南的感觉。

很久没有来过老火车站，以为再也不需要来这里了。不知是因为营运淡季，还是因为高铁站分流了乘客，人竟然很少。取票，安检，进站，都非常顺利、从容，人们的脚步也不再匆忙，好像不是为了赶路，而是都如我一样，要在这样一个春天，体验一下绿皮火车。满眼看去，广场上的人流，进入大楼的人群，都变成了休闲度假者。阿克苏、乌鲁木齐这些名字，由女播音员念出，略带回音地响在广场及候车大厅，呈现出远方和诗意。

童年见到的西安火车站，是一个老式建筑，爸爸告诉我说，那是 1936 年，为迎接蒋介石来到西安而建造的，一直用到 20 世纪 80 年代初期，拆除建造了现在这座新大楼。在高铁通车之前，我们无数次来到这里,经由这个大楼的梳理归类,搅拌榨汁,各自流向远方。

从小坐火车,是一件很重大的事情,必要早早来到,经历候车的过程。别的车次一个个开始进站,不免心中紧张,一紧张就要上洗手间。穿过男人们抽烟的半露天过道,屏住呼吸走进走出,又怕播音员忘了报我要乘坐的车次,不停地看进站口屏幕上的车次发布,看它是否由红色变成绿色,跳出"开始检票"几个字。随着人流向前拥去,每个人争先恐后挤在窄口那里,心里都想着自己先走一步,别人慢些无妨。

我需要不断提醒自己:不必担心,一切都正常顺利,你已经是个去过很多地方的大人,再也不是那个惶恐不安、初次进城的乡下孩子,错把冰糖当成水果糖。那些提着编织袋、手拿硬座票的打工者、农民兄弟,让他们抢在你前面跨入吧。我迈着舒缓的步伐,被人和包碰了几次,被拨开了几下,通过了检票口。人们散开向前,路过一个架在空中的长廊,向四站台奔去。脚下是十几股铁路,几个大棚子,还停着几列绿皮火车,即将出发的、刚刚进站的,都温顺地停靠。裸露的铁轨严密排列,伸向远处,迎接火车到来,承载钢铁制造、包罗万象的庞然大物。我想起一个词:宏大叙事。我停下几秒钟,注视着脚下这一画面。阳光照射,铁轨反光,并无声音,但我觉得此时应该配有《命运交响曲》。

楼梯水泥台阶棱角上包着的厚花纹铁皮,被千万个重重踏过的脚步,被无数急切的梦想,被亿万个思念、柔情与渴望,被生生不息的时光,磨得如白银般光洁圆润,散发晶亮如玉的光芒。人们匆匆走下,无暇欣赏,任这被时光打磨得精美的工艺品抛在身后。

下了阶梯,才是四号车厢,而我所要乘坐的十六号车厢,远得望不到。这辆开往安康的绿皮火车,好像从来没有清洗过,蒙着经年累月的尘土与灰油,玻璃几乎已经不透明了。

人群继续向前,每到一个车厢,被那个高悬在上的车门吸走几个,眼见得前面只有稀稀拉拉几个人,都安闲地进入自己的车厢,而我只走到了十车厢。虽然离发车时间还有将近二十分钟,但我还是心生恐惧,火车会不会不再等待,关门而去?传来一阵汽笛声,年迈的庞然大物长长吐出一口气,身躯颤抖一下,我立即紧张起来,前后望望,再无乘客,只有每个车厢门口,亭亭立着一个女列车员,在长长的站台上,她们像是被复制粘贴在那里的一个个符号,只有我一个赶车人。我告诉自己,淡定,淡定,却突然想起十年前一个夜晚,在郑州乘火车,一再被通知晚点,人们不断涌至进站口,询问,吵嚷,列车员照惯例忙着,不耐烦解答。终于的终于,两个小时后,广播传来声音:××车次进×站台×道。人们一个个从检票口弹出去,向着站台奔跑。那趟跨越好几个省,走了千山万水好不容易抵达的绿皮火车,已经稳稳停在那里。每个人向着自己的车厢拼命跑去,我的车厢还差两个,突然响起开车的铃声,我拽着行李,从身边一个车门匆忙爬上,靠着门壁才喘一口气。列车员关了车门,火车缓缓启动。我心狂跳,升起一股愤怒,如果没有提前爬上来,火车也会扬长而去吗?扔下一个三天前买好车票,候车室里超时等待,奋力奔跑也赶不上的乘客,或者某一个人因心脏病发作,轰然倒在站台,它也不管吗?已经晚点两小时,为何不让我们提前几分钟进到站台,等待火车到来?但我知道列车员连同我,连同所有赶车的,车上安睡的,站在轨道边摇旗的这些人,都是火车这个宏大叙事主题的一个小小音符与颗粒,而已。

在铺位上坐下,看了两页书,火车缓缓启动,去向东方,我知道它会在一个合适的路口,向南拐去。打开手机高德地图,注视那个圆点带三角箭头向前移动,这列脏乎乎的绿色长虫穿行于市区。窗外的马路上,有大小汽车驶过有自行车一闪而过,距马路最近的地方只有三五米,人们各行其路,并没有人好奇地扭头看火车,却不知道车上一个女人,透过厚厚一层灰尘,将他们当作风景来看。

我在秦岭之中午睡醒来。窗外是无尽的绿色。形成中国南北方标志的这片大山刚刚展开春天的姿容,美中不足的是玻璃上灰土太厚,所有景色都像老照片一样蒙着昏黄。

约十年前,我为写作长篇小说《多湾》,回到家乡体验生活,往返乘夜火车,夕发朝至。某一个晚上,在漯河火车站等待上车,广

205

播提示火车晚点。我在候车大厅里游逛,满眼望去,打工者居多,青壮年男子,每人一个蛇皮袋,圆鼓隆咚相伴身边,可坐可靠,悠然自得。一个胖胖的五十多岁女人,城里人模样,是个科级干部也说不定呢,长着一张中原女人特有的大圆脸,十分豪迈,非常健谈,见多识广,很快就跟身边的乡亲们聊上了。她手里拿一张卧铺票,一个男人撇凉腔说,就一晚上,搁住躺那儿了?那女人说,咦,还是躺那儿舒坦啊。我暗笑一声,真理往往就是大实话。卖土特产的角落,一个男子,靠着柜台打电话:我不回去,你说再好也不回去,要是回去,管叫我头挪挪……我这些年对你咋样,你自己想吧。二十分钟后我转过来,他还在对着那个黑壳子破手机说,反正,不回去!语音铿锵。如果候车室不再播音,如果乘客不再喧嚣,大家都能安静下来,大厅里就会回荡他的声音,一波波荡漾开去,不回去!不回去!不知道有怎样一本情感的纠结账目,让这个壮年男子如此决绝。我想象那边一定是个女人,曾做过对不住他的事,有些心虚,有过矛盾,有了裂痕,但毕竟舍不了他,正在低低地哀求,小意儿赔着不是;也或者外强中干地威胁,不回来,咱们的关系就玩完。而这个男子所有的一切表达,也都是一个意思:玩完就玩完,反正不回去。可是,他们还是不愿就此掐断话题,仿佛要在他上火车之前,说个清白。那女子是否还期望,这趟火车永远不要来。一次次通知晚点,别的旅客一浪接一浪,站起来排队走人,候车大厅里我们这一拨滞留者开始焦躁不安。那个女干部已经将那张高人一等的卧铺票看来看去，揉得变了形状。我踱步到进站口，那里靠栏杆站了一位五六十岁的半老汉，脸上皱纹排列得十分顺溜，竟然没有一点着急的样子，好像很享受晚点带来的这种热气腾腾的氛围，大有看点热闹的意思。一个小青年，急得走来走去，开始骂这再也来不了的火车。那老汉对他说，又没事，去那么早弄啥？那小青年看到他手中的无座车票，问，你的票咋那么便宜？老汉开心地说，咦我还嫌贵哩。终于，在迟到一个多小时后，我们被通知，可以进站了，人们涌出闸口，但见那列绿皮火车，伸着长长的懒腰缓缓停在橘黄色灯光普照的第一站台，等待我们投入它的怀抱。

　　窗外景致熟悉起来，火车要进入我曾经挂职工作过的镇安县，打开手机拍照，紧紧盯着窗外，要拍下刚出山洞看到桥下马路的那个镜头。我从前一次次走在这个铁路桥下，有时候会遇到一列火车刚从山洞出来，在头顶轰轰而过，我总要向它行注目礼。而我要拍下此刻，发到县文友群里，问问他们现在在哪儿。火车减速，仿佛穿过山洞需要十分小心，一出山洞过了桥上，就该进站了。风景模糊的一张照片刚发出一会儿，有人说，下车来耍呀；有人说，我下乡扶贫了，你回来经过时告诉我，我站到路边，冲你招手！

　　靠在铺位上继续读书，进入山洞看不清字，举着书静静等待，突然亮了，字迹呈现，看了不到两行，书上一句话没有看完，忽然

207

又暗下来,山洞那么长,火车疾驶着也跑不出去,书扣着放在腿上,耐心等待。哗地亮起,刚举起书,没看到一个字,呼地又暗,山洞与山洞如此之近,只好呆呆坐着。

走出秦岭,火车在平原上行驶一个多小时,到了安康站。因是终点站,人们也还是不急。我穿得多了,被太阳一照,全身燥热,不敢走快,东张西望,将安康火车站仔细打量。铁轨旁边就是山坡,绿色植物全面覆盖。地下通道里,已经看不到人,两边墙壁的广告位也没有用完,很多地方裸露着灰色水泥底子。检票口工作人员快要打起瞌睡。出了车站,一座小山横在眼前,小广场上也见不到人,一个小小停车场,停了几辆车,有两辆出租车,却没有司机,旁边的小饭馆门脸陈旧,没有顾客,四周安静异常,一切仿佛回到 20 世纪 80 年代。我大为吃惊,我在此城认识的两位师友,时髦漂亮的人儿,怎么会生活在这样一个寂寞破败的城市。

只好打滴滴,好在有人接单,很快一辆车开来,我上去后,车围着小山,转一个弯,进入市区,还是四五层的老楼,灰头土脸,像 20 世纪的县城,我心里大为不解,向司机表达了疑问。他说这是江北老城区,现在新城向南发展,那里很繁华。又行走一会儿,感到车由高处往下,拐一个路口,豁然开朗,前方低处就是汉江,江水两岸,高楼林立,满眼绿色,空气润湿,好一个美丽的山水之城。

2018 年 4 月 20 日

208

第四辑　在迷宫中寻找出口

生命是一条"多湾"的大河

——与《天津日报》记者何玉新对话

何玉新:《多湾》从写作到出版整整八年,您的心态经历了哪些变化?

周瑄璞:这个小说刚写出来的时候,出版不是很顺利。八年前我还算是比较年轻,雄心勃勃,觉得这部长篇会让我一下子就出名的,所以我蛮有把握就到北京来投稿了。感觉我会凭这个长篇敲开文坛的大门。结果第一轮投稿宣告失败。我又向几家名气大实力强的省级出版社投稿,也未果。我有一个感觉,在种种理由背后,他们其实就是认为我没名气,凭什么写得这么长?

当时电子版是四十八万字,那这个书怎么印? 印一本太厚,印上下册成本太高。有人说,你删一删吧,删到三十多万字就可以出版了。我当时也是有股不服输的劲,觉得不能删,贾平凹老师写得再长也没人嫌长。当时贾老师的《古炉》刚刚出版,印刷字数是六十多万字,定价五十三元,读者也不嫌长,也不嫌贵。那说了这么多,还是因为我没有名气。所以我这个小说就不妨先放一放,写中短篇。

何玉新:一本书写完之后不能出版,作者心情一定非常焦急,还能静下心来写中短篇吗?

周瑄璞:我可能是那种越挫越勇的人,不服输嘛,高热状态,四五年写了四五十个中短篇,一少半都被转载,收入各种年度选本。写中短篇的过程对我也是一个锻炼,备受各种编辑"修理"、退稿,慢慢对文字有了敬畏和新的感觉。再回头看自己这个长篇,确实有可以删改的地方,我就一次一次删改。六年前,在鲁迅文学院学习,同时一直改这个长篇。过一段时间拿出来改一遍,删几万字,再过两年回头看,再删掉几万字。一直到2014年年底,改到第十遍,我写中短篇也有了一些小影响,《多湾》再拿出来也更加自信,被两个出版社同时看上,我经过选择和比较后和磨铁公司签订了出版合同。

何玉新:是什么原因让您不但没有放弃,而且信心越来越强?

周瑄璞:我始终有一个信念,我在作品中要表达的,是人世间永恒的东西,它永远不会过时。不管等上十年、二十年出版,我都有耐心等待。如果一个人写出一个作品说今年就得出版,不出版就来不及了,赶不上这一拨儿了,那这样的作品,不出也罢。写作和修改的过程,对我确实是极大的锻炼和磨砺。自己从比较浮躁慢慢变得有耐心,变得坦然。这样的耐心也促使我一直比较从容,有些出版社给的条件不太好,我说八年都等了,我还在乎再等几年吗?我相信这个作品哪怕是五十年以后,也是会有人出的。现在看来,我终于等到了最好的时机和条件。

何玉新:有评论认为这部鸿篇巨制的上半部比下半部精彩,您怎么看?长篇小说几十万字如何能达到整体上的平衡?

周瑄璞:好像很多人都这么说。这个问题我也曾经一次次考虑,甚至想过做重大的修改。要不要把故事打乱重新写,从故事结束的地方写起,或者倒叙。每当我这么想的时候,突然非常痛苦,好像失去了宝贵的东西,我觉得不能这么做。

上半部是火热的现实生活,人为了生存奔波,从农村出来变成城市人。下半部现实的温饱问题解决了,季瓷死了,但她的孙女章西芳一次一次回到家乡去寻找她,在梦里寻找她,醉酒以后去寻找她,西芳是新时代的季瓷。这时候转向了内心的探索,甚至哲理、思想的探索,可能会失去一些读者,因为不热闹了。但我还是很珍爱这种写法。大家之所以认为上半部精彩,是因为季瓷这个主人公太精彩了,她死后,别人没办法超越她。但就我个人来说,可能因为这么多人不喜欢下半部,我反而更加珍爱它,为下半部所要表达的东西而感动。如果你真的对下半部失望，那么人生就是一个失望的过程，从年轻力壮、年轻貌美走向衰老，走向无奈，更何况你读一部小说。这世上不是任何问题都能找到解决的办法。无解，也挺好的。

一直伴随着这部作品的分歧与讨论，那就是关于小说的后半部，季瓷去世之后，还有没有必要用那么大的篇幅来写。很多人认为与前面相比，后面散了，弱了，也就是说，后面单薄了。我并不这样认为，相反我对后半部更加看好，因为在没有那么多精彩故事的情况下，更能考验一个作家。前面，顺着故事写，贴着人物写就行了，而后面，要调动更大的艺术能量，思辨、心理、哲理、意识流……呈现的是当代社会启示录。

当时初稿写出来请专家指点，直至出版后大家讨论时，我才知道传统的家族小说，应该是一个完整的故事，要有一个统一的写法。用这个标准来衡量，风格是不统一，因为前半部写实，后半部转向精神、情感的探索，故事性减弱，地方特色消失，方言土语没了，叙述方式变了。也就是大家说的"断裂"。可是，为什么一定要统一呢？对一部小说来说，统一、圆满就是好的吗？那种太安全太保险的写作，又有什么意思呢？70后笔下的家族小说，肯定与50后、60后有所不同，我们也不会按照一个什么格式或从前的套路来写。

当时也有老师告诫我，季瓷死了之后，没有看头了，不如后面砍去。那我是坚决不同意的。我所要写的,不是一个圆满的,有始有终的故事,我是要写一种在路上的感觉,这个家族的人,永远在路上,就像我们人类,永远有问题,小问题解决了,带来大问题,小困难战胜了,面临大困境,那就是人类终极困境:我们永远不能解决自身的问题,但我们一直在这条路上探索,和外部世界摩擦,和内心自我战斗,我们永远进行着物质的进取,精神的探求,像河流一样生生不息。在这样的思路之下,季瓷和西芳可以当作一个人看的。所以写季瓷是为写西芳,写西芳是为写我们这一代人。西芳这个形象,有着时代的标志性特征,她是一代女性的精神聚焦,我们这个时代的光辉与阴影,其实都在她的身上体现。哪怕她的形象是失败的,我也不愿将她砍去,没有了西芳走向历史舞台的《多湾》,对我来说是重要缺憾。

小说原稿前十四章是上部,后十二章为下部。这从每一章前面的引言可以看出:上部每章引的是河南民谣,下部每章引的是"渔夫和金鱼"。上部写季瓷,下部写西芳。下部从西芳进城开始,这个家族的主战场进入了城市。城市代表着富足和文明,同时也代表着欲望和破损。乡村逐步隐去,季瓷进入暮年,西芳来了月经,标志着女性的萌发与成长,一个新的季瓷诞生。

每一章的引言与本章内容有互文作用,也算是潜文本吧。开篇第一章,"蚂蚱经,蚂蚱经",拉开一幕动物界的生死画面,那些忙忙碌碌的昆虫,难道不是我们人类吗?"蚂蚱长了八个月,一霜打得直撅撅"，相当于人生八十载，生死规律谁也逃脱不了。第十二章"葱花芫荽，谁的小脚盘回"，是乡村孩子做的游戏，此章是西芳与奶奶季瓷在乡下的生活，蒙昧的西芳开始感知世界，人格逐步形成。而下部引的"渔夫和金鱼"，看似相同的句子与场景，反复出现，注解着人类欲望无休无止，循环往复。编辑在处理稿件的时候，去掉了上下部的区分，变作第一章至二十六章，贯通到底，这一点我不满意，期待有再版机会时，能改回来。

目前从反馈情况看，年轻人喜欢下半部；年长者，更专业人士，觉得下半部不好。我为此感到欣慰。

何玉新：作为女性作家，您有没有特别想要传递给读者的东西？

周瑄璞：从下笔的时候我就想要写出不同的女性。我们读男作家的作品，总觉得女主人公是被欣赏、被赏玩，甚至是觊觎的对象。而我要写出女性的"人"，这和"女人"是不一样的，我要写出那种能在现有条件下掌握自己命运的女人。季瓷就不用说了，最大限度地掌握了自己命运及家族走向。还有桃花，甚至西芳，不管发生什么，她们都要尽力把命运攥在自己手里。我想诚实地写出女性身心的变化，写出女性的绽放与凋零，女性的痛苦和欢乐，提供女性身心成长和衰落的样本，我觉得这是女性作家的职责。

何玉新：当下生活节奏非常快，大多数人的阅读都是快速浏览。《多湾》的篇幅显然过长了，您觉得这种长度意味着什么？

周瑄璞：万事都有利弊两面，《多湾》的优点和缺点都在于长和厚。凡读过的人，都很喜欢，但很多人，一见厚度，迟迟下不了阅读的决心。这个现实，我得接受。

常有好心人告诫我，你在小说中长篇大论的心理描写，有什么用，谁有耐心看？对于小说来说，什么是有用的？什么是立竿见影、迅速奏效的法宝呢？我也曾幻想寻找一个良方，找到一条捷径，但最终明白，没有捷径，我们的追寻和热爱，只能是蚂蚁搬家，斑鸠筑巢，做出一切一切的努力，也没有人能向你保证，你一定就能得到什么。但我还会一直这样写下去，不厌其烦地讲述平凡人的故事、梦想。那些大段落，若不想读，也可跳过，但那最是文学的表达，没有这些，不成其为文学。

何玉新：您写了这么久，您认为写小说有没有秘诀？

周瑄璞：最大的秘诀是不要总想找秘诀，不要太相信聪明，对于长篇小说来说，笨功夫是首要的。要有一颗诚恳之心。假如说在写作的技术，或小说的结构上有或多或少的遗憾，那么诚意可以弥补。其次，一切故事和纷争，都起源于人性和内心，推动这世界运转的不是外在的东西，而是人的各种欲望，人的心灵密码。贴着人物，跟着内心写，是没有错的。小说是语言的艺术，首先语言要过关,有自己独特的风格,让阅读成为享受;其次有自己的思想和价值判断、取向;当然,最高境界是哲理。写作者只是在这条路上,一步步攀登,寻找所谓的秘诀,就像"等待戈多"。

何玉新:每个作家都有自己的风格和偏好,阅读也各有侧重,哪些文学作品对您的写作影响最大?

周瑄璞:有那么几部作品,有那么几位作家,他们是基石性的,无论你盖什么风格的房子,都需要他们来打地基,就像初学书法时要先临帖。提到这些名字,就让我们感到文学的庄严和美丽:《约翰·克利斯朵夫》《悲惨世界》《战争与和平》《红楼梦》《红与黑》,陀思妥耶夫斯基、茨威格、巴尔扎克、哈代、霍桑、福楼拜……最接近我个人爱好和趣味的,是陀思妥耶夫斯基和茨威格,从我的文字,也能看到二位大师的影响。我迷恋他们那种偏于神经质的大段落语言,非常震撼,当然也挺啰唆,有时候让人厌烦。你读我的小说也有这种感觉。

何玉新:陕西文坛给人们的印象是出大作家、大作品,您怎样看待陕西的文学传统?

周瑄璞:陕西作家都有写长篇的情结。据我所知,几乎每一个陕西作家都雄心勃勃要写出一部长篇小说,他们正在写,打算写,或者已经写好了等待发表。陕西文坛,一直以长篇享誉全国,

"三座大山"的称号由此而起。常有青年写作者抱怨,我们出不了头的原因是,大树太多,太大,遮住了阳光与水分。我不同意这种说法,出不来的原因,还是我们写得不够多,不够好,缺乏前辈那种吃苦精神和深刻思索。

《多湾》这部作品,是我向陕西文坛致敬,向陕西前辈作家致敬。

2016 年 4 月

真诚是最大的力量

——与青年学者房存对话

一 "写作就是平复我们内心的焦虑"

房存：《多湾》刚写成时，由于篇幅太长等原因，出版不顺利。于是您决定将这部小说先放一放，把精力放在写中短篇上，这期间您对文字产生了新的感觉，多次对《多湾》进行修改，删掉近十万字，成了我们现在看到的《多湾》。在不断摸索、成熟的创作道路中，您对小说的认识产生了怎样的变化？

周瑄璞：人一开始在井底的时候，看到的世界相对就小，苦于别人不认可我的写作。其实当你从井底跳出来的时候，你发现你写得并不像你想的那么好。这个世界其实对我们没有一丝一毫的委屈和埋没，一个作家出不来的原因还是写得不够好。我在出版社工作，最近在编一套"中国当代著名女作家大系"，我们选了十几位中国当代优秀的女作家,系统读过她们的作品之后,我发现她们能够在全国文坛冒尖,一定是有道理的,每个人写得都很好,虽然风格不一样,这个人很简洁,那个人很细密,这个人很温情,那个人很冷酷,但是她们都有自己独特的东西。如果说这几年我在进步的话,那就是我意识到了这一点,也就是说,一个作家只有把作品写好是最重要的,不要责怪世界埋没了你。当你觉得被埋没的时候,其实是你不够好。

房存:能谈谈您对小说的理解和认识吗?

周瑄璞:有种说法是"小说就是小处说",也有人说小说就是"小声说一说"。我认为小说就是从小处着手,从日常的、平凡琐碎的生活着手。再伟大的小说都是从日常、平凡写起的,它不是搭一个空架子,当然搭那个大的架子是必要的,但填充物都是小的、琐碎的东西。那些最打动我们的作品难道不都是平凡琐事吗? 这世界上哪有那么多轰轰烈烈的大事情呢? 即使是一部小说写了那些大事情,我们总觉得它好像不真实,没有温度,或者离我们很远。

房存:您现在的创作状态怎么样?

周瑄璞:如果用"程度"来表明我对写作的热爱和决心的话,目前是程度最高的,这条路越走越坚定,再没有任何力量让我放弃文学,好像活着就是为了写作,我来到这个世界的使命就是写作,而且越来越觉得紧迫,时间总是不够用。我非常苦恼,要用大部分的时间去应付日常工作。人的任何理想、期盼都伴随着苦恼、枷锁,你所有的努力就是为了挣脱枷锁,我们一生都在解决问题,等所有的问题解决了,就要面临一个终极问题——死亡。有一天我在超市从自动扶梯上下来,忽然想到,天啊,我的生命已经过去一半了! 有一天我要告别这个世界。这就是人生最大的问题。

房存:所以我们努力写作是为了不那么畏惧死亡。

周瑄璞:是的,假如将来我临死之前想到,我这一生还没有白过,多多少少有过一些成绩,留下我来过的一点痕迹,只能这样子了。作家经常在焦灼之中,作家就是伴随着焦虑,写作就是平复我们内心的焦虑,写作也是逃避现实的一种办法。在现实中可能觉得无奈、失败,自己很不如意,当你沉浸在写作之中,自己营造一个世界,这样一步一步支撑着作家能走到今天。

房存:那么您在构思、写作(尤其是长篇)的过程中,有没有过非常焦虑,甚至绝望的时候?

周瑄璞:可以说是经常性地"非常焦虑""非常绝望"。刚才已经说过,写作就是为了平复内心的焦虑。我不害怕写作的劳累,而是恐惧写不出来。有时无从下手,大脑空白,却总是心有不甘。

房存:您一般是怎样化解这种情绪和困境的?

周瑄璞:化解方式非常有限,最难受的时候,怨恨自己一番,哀叹命运不济。我不抽烟不饮酒,无不良嗜好,也不爱倾诉。有时会记录下当时心情,好像是和另一个自己对话。我有一个文档,起名"负能量",记着那些让我不快的事情,生命中的挫败和渴望,最悲观绝望的心情,但是也最为真诚。回头去看那些文字,倒成为温暖的记忆。六十岁之后我会写回忆录,不管有没有人看,但我想记述一个生命在这世上的经历。从现在开始,我就有意识地记下一些自己认为"重大的事情"。

房存:现在有没有在计划下一部长篇?

周瑄璞:我下一部已经基本写好了,现在已经在准备下下一部了。你看那些优秀的作家,哪个不是又多又好,比起他们我不算高产。像陈忠实老师一部《白鹿原》"定天下"的太少了,那个时代已经不再了,只能靠我们不停地写,不停地写。

房存:可以看出,您对写作的态度非常虔诚、踏实。评论家北乔曾称您是位能在喧嚣中保持安静的作家,"以独有的闹中取静来面对生活,进入写作"。您是如何在当下浮躁的环境中保持这份沉静之心的?

周瑄璞:安静,是一个作家的基本修养,也是从事任何事业的前提。"洪水退落的时候,发现了霓虹;照样,当你镇静的时候,也会听到神的声音。"保持心灵的宁静与独立,才能领悟到生命的种种恩典,维护自己内心小宇宙的运行,专注地从事一项事业。一个写作者,尤其要修护自己的内心,保持一颗稳定的沉静之心。

二 "陕西""70后""女性"——三个响亮的标签

房存:陕西当代文学有着优秀的传统,您在创作中会不会有意识地继承这种传统,或者说向陕西前辈作家们学习、取经?

周瑄璞:我想我学的是他们的精神,不可能学创作方法。学他们那种吃苦、刻苦,视文学为生命的意志,其他的没有办法学,也学不到,每个人都有基于自己生命体验的独特的风格。

房存:很多陕西作家都特别能吃苦,据说您最多时候一天能写到一万字。

周瑄璞:我是河南人,可能融合了最能吃苦的两个省份的特质。作为一个人,河南人最能吃苦;作为一个作家,陕西作家最能吃苦。我曾开玩笑说,在河南人的字典里没有享乐,没有浪漫、超脱。北方的环境相对来说比较艰苦一些,又受儒家思想的影响,人们常有一种忧患意识、奋斗精神,追求个人价值的实现。作为一个写作者,我觉得短短的一生就是要全身心地投入。

房存:"爱情"在您的小说中占据很大的比重,女性在爱情中的微妙隐秘的心理体验构成了您的一大写作亮点,能谈谈您的爱情观是怎样的吗?

周瑄璞:请原谅我不以我的面孔来谈爱情,而是躲在文字之后书写。爱情实在是一个无法可谈的事物。我的一位朋友说,她不养花,不是不爱花,而是花谢时,她会难过。

房存:好的,那我们转向下一个问题。您曾表示《多湾》致力于写出真正的女性,在您塑造的众多女性形象中,哪一个人物是您最满意、最欣赏的?

周瑄璞:在《多湾》里面我最欣赏桃花。好多女性读者甚至评论家说,桃花其实活出了女人最理想的状态,可能现实中咱们都达不到那种状态。她追求自身的幸福、欢乐、爱情,但她最后又是一个拯救者,对所爱的人忠贞不移,哪怕自己被批斗。

房存:桃花确实是一个全新的形象,很多人将她跟田小娥对比。

周瑄璞:是的。作为一个女性,我其实不太满意田小娥那种形象,田小娥是被各种男人利用的功能更多一些,而桃花是活出了自我。我觉得只有女作家才能理解,才能写出桃花这样的形象。

房存:其实我还很喜欢你的中篇小说中一个人物——曼琴。她不像桃花那样个性鲜明,但很有女性的力量。

周瑄璞:我也很喜欢曼琴。看来我们都是喜欢一种担当精神。她虽然长相平凡,但读完小说以后你会觉得她那么美,其实我们的生活、家庭、社会就是靠这样的人,靠无数个曼琴撑起来的。她那么纯净、安静,又有力量,心怀倔强,她身在那样的家庭,却用柔弱的肩膀勇敢地担起了一切。她具有女性的牺牲精神,成为家庭的支柱。如果没有曼琴的话,这个家庭可能就沉入最底层——这种底层不仅是物质的,更多是精神层面的。但正是因为有了曼琴,这个家又撑起来了。这常常是女性在家庭中所起的作用,曼琴其实是担起了一个"母亲"的责任,现实的无奈和严峻,激发出她身上的母性力量。

房存:周老师,您再谈一谈季瓷这个人物吧,这是所有读者都喜欢的形象。

周瑄璞:季瓷的原型就是我的奶奶,我当然是怀着感情去写的,把所有美好的东西都寄托在她身上。但还是有我不满足的地方,我试图把她跟桃花结合起来写成一个人,既是母性的,又是女性的,既是端庄可敬的,又是风情万种的。但是面对自己的长辈(祖母),我终于没勇气这样写。所以我又塑造了一个桃花,桃花这个形象完全是虚构的。如果把季瓷和桃花结合起来,那么就是一个最完美的形象了。但是我想世界上没有百分百的人,把她们分成两个人可能更好一些。季瓷和桃花是相互呼应的,是女性的两面,季瓷是女性的偶像,桃花应该也是。

房存:的确,这样写两个人物都显得很真实,季瓷是个正面的偶像,桃花的篇幅虽然不多,但每次出场都能点亮小说。说完了女性,我们谈一谈男性形象吧,您理想中的男性形象是怎样的?

周瑄璞:我不知道你有没有注意到《多湾》中的章守信,这个形象我挺喜欢的。他是以我的爷爷为原型的。虽然脾气暴躁,但内心很纯净,很善良。当初孩子一生下来他就知道了(孩子是季瓷前夫的遗腹子),但别人嘲笑章柿是"带肚儿"的时候,他勇敢地跳出去大闹一场,要在事件刚有萌芽的时候把它扼杀掉,以保持一个家庭的尊严。他虽然是个农民,识字不多,但他很有教养,很文雅,一点都不粗俗。他内心是很纯净高洁的,特别有自尊心,小说中经常出现的一句话是他问"丢不丢人"。那个年代饭都吃不饱,人们却不忘关心尊严,民国那时候的人活得很自尊、坦荡。

我在写章守信时是充满了感情,带着对自己爷爷的感情。

房存:而且我感觉越写到他的晚年,这种感情越深。

周瑄璞:是的,小说写了他晚年那种柔弱,容易流泪。人可能都是那样,年轻的时候血气方刚,性情暴烈,但老了之后心变得越来越软。小说写到章西芳回到家乡,待在爷爷的小东屋,闻到爷爷身上那种味道,这都是我的真实经历和感受。

另外,我理想中的男性还应该是 Past,这是一个虚幻的形象,他代表着文明、富足和学养,他跟章守信简直是两个世界的人,但出现在一部小说之中,前后呼应,让我觉得世界真是博大而奇妙。是我对男性世界的致敬吧。我愿在小说中温情而真诚地歌颂男性,赞美我们的父兄及爱人。

房存:那么我们再来说一下您 70 后的身份。也许许多作家不太认同代际划分,您怎么看? 70 后的经历对您的创作有什么影响?

周瑄璞:其实说几零后是没有意义的,但是对评论家和研究者来说,确实需要一些标签来分类,这也是没办法的办法。说得多了,我对"70 后"也产生了一种亲切感,它成了我的一个符号。我们这一代人受的教育很缺失,我觉得目前我们国家最有希望,我最满意的一代是 90 后,90 后身上的公民意识比较强,受教育也比较完整，他们是完全现代的。我们小时候，"文革"没有完全结束，没有接受真正优秀的传统文化教育，世界先进的文化也没有得到，童年教育近乎一片荒漠，得到的算是一种亲情教育，受老人、父母的感化多一些。

　　房存：目前评论界对70后作家们的关注越来越多，许多评论家都提出70后作家身处60后与80后作家之间的"尴尬"处境，质疑为什么70后还没产生莫言、苏童这样的作家。作为这一作家群体的一员，您是如何看待70后文学现象的？

　　周瑄璞：我觉得这个问题非常难回答。有社会的原因，有历史的原因。70后的面貌整体是有点乖，有点沉闷。大概因为在我们的成长关键期，最应该打开窗户看到更多东西的时候，而窗户是关闭的。至于为什么70后作家没出莫言、苏童，我认为没有可比性，人跟人都不一样。文学是要离远来看，出现现在这种看法，是因为离得太近了，我们现在下结论都为时过早。但是毫无疑问，70后作家已经是中国作家中最优秀的一批中坚力量了。

三　写作技巧：遵循人性的自然表达

　　房存：您的小说非常关注女性的生存、心理、命运，您的女性写作是受到西方女性主义理论的影响，还是凭感觉去书写女性？

周瑄璞:我觉得是凭感觉去写,凭着作为一个人的信念,作为一个人对事物的理解去写作。事实上,没有哪个作家能凭着一个理论去写作,都是从自身的情感体验出发,遵循自身热血的流动而书写。作为一个女性作家就是诚实地写出每个年龄段的体验,这就是作家的使命,比如我现在就是写出女性对于青春流逝的那种不甘、挫败感,这是这个年龄不能回避的。诚实地写出悲观和失败,真诚地面对悲观,也是一种乐观。

房存:您认为文学创作会被生活范围所限制吗?您的一些小说题材也超出您的生活范围,比如《多湾》中的土改、"文革"等历史事件。面对这些题材,您如何把握,如何写出生活的真实质感?

周瑄璞:写作永远是写人性,遇到任何事情你就问一句:"是真的吗? 如果是我,我会怎么样?"《多湾》中那些事情都不是我经历的,但我以一个人的判断去想他们应该怎样。我觉得当一个作家坐在书桌前写作的时候,永远要记得自己的热血在体内流动,你是一个有温度的人,而不是一个教化的机器,不是要给人灌输、教化什么。文学不是绝对正确,不是黑白分明,不是先进人物事迹报告,也不是控诉材料,而是人性的各种可能性的综合表达。当读者阅读时,他是用自己的生命体验来感受的,虚假的东西马上会导致抵触心理。《多湾》中没有虚情假意,没有谎言、空话、套话。

房存:那么,您认为书写历史和书写当下,哪个更难?

周瑄璞:相对来说,书写当下可能更为难一些。因为书写过去与历史,无有挂碍,陌生感会给你更大的自由,发挥余地更大。而书写当下,因为离得太近,各种干扰会更多一些,让我们看不清楚,就像花眼的人一样,需要拿远一些。

房存:我发现您的小说非常注意把握和捕捉生活中的某个片段、场景,比如短篇小说《来访者》,小说中的人物形象很模糊,情节也不是曲折跌宕,但是却把人物的心理表现得精妙入微,在这方面您有什么技巧吗?

周瑄璞:没有什么特定的技巧,我觉得所有优秀的小说都是心理小说,而且最出彩的部分恰恰都是写内心。但是咱们中国传统小说一般不写人的内心活动,《红楼梦》写到过一些心理,其他的就很少了。心灵是最真实可靠的,博尔赫斯说过类似这样的话:街道和内心比起来,内心更坚固,因为街道可以拆了重建,而内心不会。千百年来,人性是不变的,变的只是道具。我们现在的愿望、想法、心理活动,人类游戏规则,跟唐代、宋代人其实没有什么区别。所以我认为小说永远是写人的内心的。不涉及内心的小说,我不认为它是好小说。

房存:您的写实小说多采用常态叙事手法,但也有一部分采用现代主义技法,比如《隐藏的力量》《抵达》等,这种写法是刻意为之的策略吗?

周瑄璞:也不是有意为之,就是自然的表达吧。我比较喜欢这类的小说。我最喜欢的作家是茨威格,受他的一些影响。欣赏他笔下人与人之间非常体面的关系,哪怕是闹矛盾、争吵,也都是文质彬彬的,而不恶语相向,赤膊上阵。

房存:说到茨威格,能不能具体谈谈您的阅读感受?

周瑄璞:茨威格除了故事的精巧,语言的优美哲理,我认为最能牵动人心的是他那大段大段,甚至长达几十页的心理描写,以及他那神经质的无处不在的优雅。因为,这世上所有的写作,最终指向的是人的心灵,也就是说,文学是为心灵服务的,超越国界和种族,达到全人类心灵的沟通和共鸣,让我们明白,人与人之间,不同的只是外表、肤色、种族、习俗等,除了这些硬指标外,全世界人总有相同的地方,那就是内心世界。

房存:还有哪些对您产生过影响的著作呢?

周瑄璞:我喜欢一切优秀的文学作品,它们不仅影响了我的创作,也影响了我的生活和人格。那些经典作品告诉我们:人应该怎样活着,人类应该去往哪个方向。

上帝告诉人们你们要互相爱。20世纪90年代初,我读《平凡的世界》,书中人物的命运,深深牵动着我,我急切地想要与他们同呼吸共命运。读到田小霞死的时候,我热泪奔流。就在去年冬天,阅读厚夫写的《路遥传》,路遥生命的最后时期,七天七夜没有入睡,疼得在床上翻滚,最后痛苦地死去。我又一次洒下热泪,想起当年为田小霞而流的泪水。

路遥作为一位作家,取得了巨大的成功。或许冥冥中有一种力量,他知道自己活不长,所以拼命绽放光彩。他短暂的生命,以辉煌定格。

雨果的小说《悲惨世界》,冉阿让为了实现对芳汀的承诺,在夜里去寻找小柯赛特,带她走。他一直保护着这个可怜的孩子,直到她体面地出嫁,过上幸福的生活。最后冉阿让死去时,黄昏的房间里有一只天使,扇动着巨大的翅膀。这时我们相信,这世上真的有一种伟大的力量,在烛照着人类前行。陀思妥耶夫斯基的《白夜》,最是涤荡人心。在欧文·斯通的《凡·高传》中,我们看到许多坚硬如石的冷峻现实。凡·高还很年轻就死了。他死前去和很多人告别,他认为,"无论如何,他生活过的这个世界还是美好的"。他想到了他的一个又一个朋友,包括对他说永远办不到的人,因为,"他们促使他爱上了人世间那些横遭蔑视的人"。

一个人,能够在阅读中体会到崇高的心灵震撼是特别幸福的。

房存:从您的阅读体验可以看出,您十分偏爱真诚的文字,容易感怀于人类甘于奉献的伟大灵魂,钟情于发掘人与人之间的善意。其实这种情感倾向在您自己的创作中也有明显的体现,那就是一以贯之的对小人物的体恤、同情与理解,可以说是"文如其人"。您的小说流淌着雅致、诗意的气息,丝毫不见粗俗的痕迹,您在现实中就是一个追求诗意生活的人吗?

周瑄璞:我愿意在平凡生活中发现诗意和美好。比如我每天晚饭后散步,看到夕阳,看到城墙,看到花开,看到云在天上浮动,看到跳广场舞的人自得其乐。我希望时间过得慢一些,让我多些时间读书写作。我为生活奔忙,走在浓密的树荫下,感到生活节奏和人生局面在我自己可控可知的范围,我会感到踏实幸福。黄昏来临,我会想起童年,如果一个人在家,我不愿意开灯,仿佛是不想接受白天结束这一事实;我会用灵敏的嗅觉,极力寻找黄昏的气味,回忆童年和过去的岁月,思考一下关于时光的问题。我感到自己真实地活着,我不愿辜负每一天,也不负那些爱我的人,这就是我的诗意。

我最不爱听别人劝解我:写作嘛,玩玩而已,不要太当真,不要把自己搞太累。我觉得,抱着这样心态,怎么能写出好作品、大作品呢? 而我就是一个宁愿活得累的人,我总觉得幸福在别处,在远方,而我要用自己的写作、自己的奋斗去找到她,有一天亲自得到幸福女神的拥抱。当然随着年龄的增长，我学会了劝解自己，幸福就在此刻，就在当下，就在一日三餐之中，就在与世人相处之中，就在你写作之中，就在你写累了之后哼着歌散步之中。也许我是个无趣的人，这就是我的诗意和幸福。

　　房存：我们总谈及作家的个性气质对作品的影响，那么反过来说，您认为写作对您的性格、观念有影响吗？

　　周瑄璞：写作改变了我的命运，我一步步得到自己想要的东西——当然是以付出青春的代价。这世上从来没有只得到不失去的事物。写作消磨了我的生命，而我有幸记录下这一切。写作拯救了我，使我从一个卑微的井底之蛙，得以跳到井台，看到外面的世界。通过写作，更多的人知道我，喜爱我。我常常觉得，不是我在创作，而是文学塑造了我。

2017 年 4 月

我们都是在迷宫中寻找出口的孩子

——与作家弋舟对话

弋舟:看过你的一些短篇,先说说我粗略的感觉。我觉得你是那种非常鲜明的"经验型"的作家。当然,我们所有的写作,都有关自己的经验,但的确有一部分作家,写作的基本驱动乃至作品最终呈现出的面貌,都格外地附着在自己具体的生命体验之上。这一点,在你的这些短篇小说中反映得尤其充分。我想说的是,在我的感觉中,你的生命状态和你的小说之间纠缠得分外紧密,那些体悟与吟哦,在阅读的时候,我几乎是当作阅读作者本人来进行的。老实说,对于这种过于"紧密"的写作,我自己是抱有一丝疑虑的。

周瑄璞:记得有种说法,长篇写命运,中篇写故事,短篇写情绪。我的短篇,大多是写一些情境或生活的片段,基本无故事。我喜欢这种喃喃自语式的段落,梦呓般的诉说,在中篇、长篇里,往往暂时脱离开故事,营造这种大段落的语言攻势。在我的电脑里,有个文件叫"碎片",随时记下一些内心的感悟,有的是几句话,有的是大段落。写一个故事的时候,会将这些话用上。有时候,为了几段"碎片",会有一个小说。

其实,一个写作者,一生都在写自己,不论他的主人公是谁。写作的过程,就是向生活交付的过程,交付你的青春、胆怯和赤诚,袒露你的卑微、伤痛和无奈。你能行走多远路程,领略多少风景,赢得多少共鸣,决定于你交付的勇气和真诚,决定于你向内心探寻、守卫的程度。我认为文学的真谛,就是借助不同主人公写自己的生命体验。因为,人性是相通的,自我即他人。写自我经验,可能是一个写作者一生的功课。博尔赫斯说过大意如此的话:街道和人心相比,人心是坚固的,因为街道会改变,会消失,而人的内心不变。

弋舟:这种"碎片"化的写作方式,以我的经验,操作起来的时候,更有可能使得作品在形式上具有某种程度的"先锋"气质,而读你的小说时,感受更多的却是那种"有力的庸常"。它们在我看来,几乎是喋喋不休的,的确如你所说,是一种"语言的攻势",有时几乎占到一个短篇三分之二以上的篇幅,那种来自一位女性的"洞见",那种对于世界的不情愿、不甘心,实在是令人咋舌。但是,奇怪的是,我却被它们打动了。这些短篇有种古怪的质地,它们都有着一种非同一般的、活生生的,甚至是热气腾腾的力道,就像劈面走来的一个陌生人，你躲都躲不掉，只有与之狭路相逢。这种"真"的感觉，是我读大部分小说时所没有的，在这个意义上，读你的小说也是对我阅读习惯的一个挑衅。我想知道的是，这种效果，是你写作时的自觉追求吗？

周瑄璞：我倒没有想过，是不是自觉追求，现在经你一提，我才知道，原来我也是"先锋"哩。我的短篇基本无故事，因为我觉得万字左右要讲述一个故事，以我这种"喋喋不休"的、"一咏三叹"的叙述方式，根本无法展开。只能摘录思绪的片段。我始终认为，人性、内心是这世界的真理，一切故事和纷争起源于人性和内心，推动这世界运转的是人的各种欲望，人的心灵密码和人性逻辑。就像机器，不论有着怎样的外观和形状，机芯和齿轮相同，而带动这世界向前运转的，是人性这个永恒的齿轮，由它将人生故事车成各种各样的形状和版本。而我反观自身，将自己置于显微镜下，无限地接近这个齿轮，感受它的热量，倾听它的轰鸣，记录它的搏动。

你可以认为我是自恋的，我自己非常珍视这些短篇，我一直期待着、准备着，将这些书写"自我"的短篇结集出版。我爱这些短篇，它们是暗夜的呢喃和疼痛，它们灼热、喧哗、凌厉、赤诚，像我曾经的青春一般躁动，像刚揭开的伤口，奔涌、流淌着热的血，而我只是忠实地记录了这一切。没有故事，或者故事掩在背后。

假如我的短篇是"女性"的，那么，我的中篇是"母性"的，就像花朵由绽放而结果,女人由青春经历生育,被生活磨砺,从自我独处的房间里走出,融入大街上的芸芸众生,从孤芳自赏中脱出,倾听、观察、讲述"他者",是一种相对较为宽阔的视野。面对它们,有着旁观者清的优势,我或许会更坦然、自在一些。

弋舟:你对自己的中、短篇做了"女性"与"母性"的分别。我注意到了你的这个形容——"有着旁观者清的优势,我或许会更坦然、自在一些。"这恰恰是我所感兴趣的,因为我在阅读你那些"女性"立场的短篇时,的确是有着如此的猜度——这位女作家,以普遍的人性勘察自己,必然同时又是在以自己勘察着普遍的人性,那么,人性幽暗之处的那些蒙昧的污渍,会令她在某个瞬间羞愧难当吗?那些个卑微、扭曲甚至愚蠢和丑陋的存在面,会不会刹那间令她无地自容?你用人性的齿轮比喻了这个世界的内在逻辑,但我们都知道,当我们创作之时,远非这样机械和冷冰冰,宛如在做着一场化学实验,相反,写作之事,总是不免会附着太多的情感活动。当你说以旁观者的视域进入写作,会更坦然与自在一些,我当然立刻就想要追究你那些不坦然、不自在的时刻。可能我问得尖锐了一些,但我们写作,也许就是一个需要不断将自己逼到死角的过程。一个小说家在文本中诘问、拷打,除了面向外部世界,更多的,我认为应当是朝向自己的。我想知道的是,当自己也被还原出某种不堪之时,你该如何克服这一切,又如何去做到推己及人，从而宽宥了整个世界的瑕疵？你尝试过这样做吗？你自觉做到了吗？

周瑄璞：的确，那些人性幽暗之处，那些卑微、丑陋、不堪，我们不断的屈服与苟且，我们不得不变成软体适应外在容器……这在我们的生活中常常遇到。一个女性，对此尤为敏感，内心体验更为尖锐激烈。只是，那些羞愧难当，那些无地自容，如果过多表达，未免显得矫情。或许，人性的深处，原本就没有什么羞愧呢，所谓羞愧，也是我们自己的一种开脱方式。

当面对写作的时候，其实自己在一次次试图突破、超越那些不坦然、不自在，也一次次问自己，是不是真的做到了直面一切，像照镜子一般映出内心的全部？或许通过这个挣扎的过程我们明白，写作最大的困境，其实是"真实"，这两个字看似简单，却很难达到。我们不妨扪心自问，你敢真实吗？我敢真实吧？虽然我们都明白，想有多大成就，取决于你面对真实有多大勇气。我们所说的真实，也只是相对程度的真诚，欲说还休的真实，犹抱琵琶的真实。我们所见那些伟大的作品，无不是作家直面人性的卑微和不堪，勇敢表达。

我们只是一个虫子，彻底咬破真实这个茧，才能羽化而出，这是个艰难的过程，我愿意一生在这条路上跋涉。

当然，写作不只是还原生活，不只是倾诉，不只是举证，也不仅仅是为自己辩护……绝不仅仅是这些，写作是一个磨砺自己的

过程,冶炼自己的方式。像你所说,将自己逼到死角的过程,你将
无路可退,在狭小的空间里拷问自己,将一切事态矛头指向自己,
承担人性的负载,救赎人性的罪责。我常常感到,不是我在创作,
而是文学塑造了我。

弋舟:相较于女性的写作,我觉得似乎男性作家很难对自己
有如此琐碎的表达,那种苛刻和缜密,女性实在是更胜一筹。但
这种优势,转化不好,总是有"婆婆妈妈"和"小里小气"的风险,
这正是我"疑虑"的缘由之一。难得的是,你的小说中能够从心灵
里的那一地鸡毛中提炼出某种意象,譬如"故障",譬如"病了",
由此,鸡毛便真的成了令箭。这是小说家的发现——在纷纭的浊
世中准确地概括出更为抽象的本质,毋宁说,这是一种诗化的能
力。经过这种能力的映照,那些鸡零狗碎的人心,就变得多少可
以被忍受,并且,艺术的效果也由之形成。我感兴趣的是,你的这
种能力,是发乎天赋,还是经年训练出的结果? 小说成为一门艺
术,已经过度地被人强调其"精神层面"的指标了,而我作为一个
同行,却很想听听你"技术层面"的来路。

周瑄璞:要说训练,是近几年的事情。之前的写作,基本上是
大雨倾盆式的,山洪暴发式的,只顾表达的激情,自得于那种大段
落的叙述,显得没有节制。这跟我先写长篇有关。几段平庸的、
冗杂的文字和情节,混迹于十多万字中,无妨大碍。随着近几年

241

的中短篇写作，被各类期刊退稿、"修理"，自己慢慢也就有了"技术层面"的要求。或许也跟年龄有关。年轻时候，从不知累，夜以继日，写起来没有惧怕。而现在，体力稍逊，想法也周全，也就顾及了节奏和技术。阅读的时候，也不像从前只是做一个读者，迷恋于故事，陶醉于情绪，而是注意到作者的手法，借鉴他们的起承转合。我将这种阅读称为"功利性阅读"。我那些短篇，可以说是精雕细刻，每一个至少修改五遍，有的达到十遍，不能有重复用词，也不能平凡无趣，要在万字以内不断制造阅读喜悦、横岭侧峰，总之我不能容忍平庸。有编辑来电说，想在你小说中找出个错别字都难。这也跟我做编辑有关，对文字有特别的敏感和严格的要求。

其实，这种对文字的苛刻和缜密，与作家性别无关。君不见那些我们心仪的男性作家，何其精细，何其绵密。茨威格、陀思妥耶夫斯基、纳博科夫、普鲁斯特……对人物内心的书写，对日常生活的描述，达到显微镜般的细致与数倍放大。纳博科夫的男主人公意象中变出长长的蛛丝垂向洛丽塔，搜寻她在楼下的踪迹（《洛丽塔》）；介绍家里住房，"分配给女士用的浴室在一条之字形走廊的一头，离我的床大约有二十下心跳的距离"（《说吧，记忆》）。其情节的细致，诗化的表达，神奇的笔力，到了令人惊叹与折服的地步。

242

弋舟:不错,当一个写作者懂得了去修改,在阅读中自觉与优秀作品"发生关系"时,他的写作便进入了修炼的阶段。当然,我所说的这种"修改",不是一个泛指,就像我所说的苛刻与缜密不仅仅是指文字,文字的苛刻与缜密永远是写作之事的基本要求之一,这里我大约是指你那些短篇小说中女性人物琐碎而略显滑稽的内在格调,她们精明而矫情,同时卑微而凄凉,她们甚至是令人厌恶的,但同时,我想要说的是——她们矜重而自尊。这很重要,就是人在尘世之中的基本面貌,你将之还原在作品中了,算是对于人之虚无的"立此存照"。这种对于小人物、对于庸常俗世的热衷,似乎是你所有作品的一个重要主题。譬如你的中篇小说《胜利秭记》,我觉得这个"秭"字,几乎可以成为你小说的一个标识。那种微小与琐碎,那种来自尘埃又归于尘埃的微不足道,在我看来,几乎是你一切写作的素材资源。这大约仍然是没有超出你的经验,我几乎可以猜测,胡胜利、曼琴这样的人物,必定便充斥在你的生活中,当你对虚构之事发生热情之时,描摹他们,大约也最为得心应手。这没有问题,从经验出发,是一切写作的前提,书写尘世卑微万象,也是写作的伦理要求之一。但当这一切成为小说家的素材资源后,在我看来,支撑这些素材最终成为"有意义的素材",至少是"有意味的素材",更需要一个小说家内在的那种"精神资源"。否则,仅仅"立此存照",小说的意义只能会大打折扣,这个不需要小说家来完成,我们出了门,走在大街上,就是一个万

243

丈浊世。那么,当你不厌其烦地描摹这些时,你想要表达什么?又自认表达到了怎样的程度?我想,你当然不仅仅只是想止步于一个个并不算太稀奇的小故事,不仅仅只是想以自己的文字能力刻画几个好玩的小角色而已。

周瑄璞:我想,盲动性和不可预知性才是推动我们写作的力量,你无法胜券在握地知道一个故事会演进到什么程度,你也不知道将要写出来的是个什么样的东西,就像一个人,不知道明天,甚至一个小时后会发生什么。写作的魅力就在于此。我们只是一次次茫然而又勇敢地投入写作。作家只是本能地表达他熟悉的东西,用他现有的领悟能力解读他的人物,而无法站在理论高度分析出什么"有意义的素材""有意味的素材"。胡胜利、曼琴这样的人物,确实布满在我的生活中,到现在为止,我的同学、家人,都生活在那样环境或者那样的心理环境中。我也是从那里成长起来的,我对那些从前与过往,情感复杂,有批判,有逃避,有深情,一切熟稔于心,一个眼神就能看到一切、体谅一切。当然,我这样说不是我已离开那里,有权利对他们指指点点。或许我现在和将来,一直还是那里的一员,从未离开过呢。"低头看看自己做工精良的皮鞋,抬头看看天上灰蒙蒙的太阳,她甚至想从包里掏出工作证,再看清她是大学教师苏新我而不是大杂院里的苏文革。不,不,我不属于这里,我压根就是投错了胎,我本该投到大学教师或当官的家里的。可是我在这里逗留什么呢?万一时间定格,我就定在了这里,万一地震战争爆炸发生,我会死在这里。"这是我早年长篇小说中的一段话,或许能表达我的这种情感。

我无法自我评价这些表达到了怎样的程度,这不是一个写作者的任务。只是我将会一直这样写下去,不厌其烦地讲述平凡的人。梦想,或者破碎,过往,或者记忆。生命之所以可贵,是因为每个人都携带着几十年的记忆,不可复制,独一无二。他们走在街上,是看似微不足道的普通人,是群体,是群众,但在作家眼里,他们是一个又一个的个体,每个人内心都有过狂风暴雨、伤痛悲欢,这才是作家要关心的。

茨威格写了各种各样的小人物、失意者,"他的小说是以不同人物反映人生百态,所以他把自己的小说集统称为'链子'的各个环节","尽管他笔下的一些人物是被生活压成奇形怪状的畸形人,他们的心灵是扭曲的,但是对他们的表达和描述并不古怪亦不荒诞。他并不是把一些脓血和污秽当作珍奇,颇有得色地展现在读者面前,而是在描写他们的伤痕和血迹的同时,对他们的不幸倾注了满腔同情"(张玉书《茨威格评传:伟大心灵的回声》)。

我想,我此时抄写这两段话的心情,就能表达我的写作态度。

弋舟:我想,写作终究不是一个"盲动"的过程,那些个潜移默化的情感方式乃至世界观,必定规约着我们的每一笔书写。从你小说中的人物,我读出了一个小说家的来路。如果你不愿将此视为"思想资源"这样郑重的说辞,那么,我们姑且将其视为你写作的"情感资源"吧。你引的自己小说中这段话令我感动,我想我多少是能够理解、并且敬重这种情感的——在我看来,这种情感之于你,不亚于马孔多之于马尔克斯,"有批判,有逃避,有深情,一切熟稔于心,一个眼神就能看到一切、体谅一切"。由此出发,或者我也可以更多地理解你笔下的那些小人物,那些容颜渐逝的女人,那些狡黠倔强的男人,是你的书写令他们在这尘世的踟蹰多少具备了一些意义,同时,在某些时刻,这些意义还熠熠发光。由此,写作之事在此变得寻常极了,技艺、思想,或者都可以暂且忘却,就好比麦子歌唱,稗子也在歌唱,而万物生长,这世界因了情感,一切自有它无可剥夺的意义。期待你以"稗"的态度、"稗"的笔法,赋予更多的生命以光彩熠熠的时刻。

周瑄璞:不是我"不愿将此视为'思想资源'",而是我还远没有上升到那个高度,这个词对我来说,过于正大了。我没有多么高尚的境界,写作于我,先是一个改变命运的途径。我是幸运的,通过写作得到了我想要的东西,我对文学心怀感恩。文学一直垂顾我、塑造我,我这颗小小稗籽出土,发芽,迎风歌唱。问题是想要的东西随着时间的前进,变来变去,开始只是一个"新木盆",一点一点,或许宫殿也不能满足我的心愿。我只是在写作这条路上,以己为镜,照见人性的多角度光斑;以己为牺,勇敢地剖析了自身。永远怀着赤子之心,用一生的跋涉,验证一个寓言故事。

人生,难道不就是一场寓言吗?青春已逝,梦想还在。面对文学、面对人生,我们或许都是在迷宫中寻找出口的孩子,碰破了头,走了弯路,在所不惜。我们那么努力和真诚地摸索,辨认,修正,前行。

弋舟:以己为牺——说得好极了。当我们持久地书写了这么多个时日后,但愿我们不至日益变得轻浮,依旧保有某种"献祭"般的虔敬,并且越来越战兢,不被浊世的诱惑所试炼。

周瑄璞:写作的过程,应该是不断塑造自我、清洁自身的历程。一切写作,都是为了让生活更美好,人生更完善,承受痛苦的能力增强。感谢命运及文学,总有一种神秘的力量托举我、保护我,每一次的伤痛和打击,将我推向的,不是破败,不是怀疑,而是更加的虔诚和坚定。我唯有对文学怀着感恩之情,怀抱小学生的真诚与谦虚,在这条路上,试炼自己。写到老,爱到老。

2014 年 3 月 22 日至 4 月 12 日

图书在版编目（CIP）数据

已过万重山／周瑄璞著. —郑州:河南文艺出版社,2020.10
（小说家的散文）
ISBN 978-7-5559-0632-2

Ⅰ.①已… Ⅱ.①周… Ⅲ.①散文集-中国-当代 Ⅳ.①
I267

中国版本图书馆 CIP 数据核字(2020)第 097362 号

选题策划　　陈　静
责任编辑　　张　娟
书籍设计　　刘婉君
责任校对　　赵红宙
责任印制　　陈少强

出版发行　　河南文艺出版社
本社地址　　郑州市郑东新区祥盛街 27 号 C 座 5 楼
邮政编码　　450018
承印单位　　河南瑞之光印刷股份有限公司
经销单位　　新华书店
开　　本　　787 毫米×1092 毫米　1/32
印　　张　　8.125
字　　数　　158 000
版　　次　　2020 年 10 月第 1 版
印　　次　　2020 年 10 月第 1 次印刷
定　　价　　38.00 元

版权所有　盗版必究
图书如有印装错误,请寄回印厂调换。
印厂地址　　河南省武陟县产业集聚区东区(詹店镇)泰安路
邮政编码　　454950　　电话　0391-2527860